アバター人麻呂

小林義彦
Kobayashi Yoshihiko

郁朋社

正しいかもしれないが、証拠が何ひとつない

フランシス・クリック……ジェームズ・ワトソンとともにDNA構造を発見

はじめに

万葉の歌聖柿本人麻呂《かきもとのひとまろ》の人物像には、平安時代以来すくなからぬ仮説がある。しかしそのいずれもが確証を欠き、真偽を定めがたい。それでも、現時点で一定の支持がありそうなのは、アララギ派の重鎮斎藤茂吉《さいとうもきち》が提示した「石見国《いわみのくに》鴨山客死説」といえるかもしれない。これは万葉集巻二挽歌部におさめられた、人麻呂のいわゆる「鴨山自傷歌《かもやまじしょうか》」を素直に解釈した説で、この有名な歌には「柿本《かきもとの》朝臣《あそん》人麻呂、石見の国に在《あ》りて死に臨む時に、自ら傷《いた》みて作る歌」という題辞が付されている。これを文字通りに受けとれば、人麻呂は「石見国の鴨山」で死んだのだから、旧石見国にあたる土地で歌聖終焉地の「鴨山」を見出せるはずである。

茂吉はそう信じて現地探索を続けたが、「鴨山」はついに見つからなかった。やむを得ず島根県邑《おう》知郡美郷町《ちぐんみさとちょう》にある湯抱山《ゆがかいやま》に「鴨山」をむりやり仮託した。現在そのふもとにある斎藤茂吉鴨山記念館は、茂吉の鴨山探索の足跡をたどる施設である。

夢のごとき「鴨山」戀ひてわれは来ぬ誰も見しらぬその「鴨山」を

人麿がつひのいのちをはりたる鴨山をしも此処と定めむ

この異様に調子の高い茂吉歌がしめす通り、ここは明治生まれの歌人茂吉が「鴨山」を幻視した土地である。とうぜん確証は何もない。それでも一時は、万葉の歌聖終焉地発見と世間は沸いたが、「赤光《しゃっこう》」の歌人の後光が消えたいまでは、その信憑性も薄らいでしまった。

ここで茂吉以前に有力視された説を概観すれば、まず人麻呂の活動期から二百年後に成立した古今和歌集（９０５）のふたつの序文がある。ひらがなの仮名序《かなじょ》と漢文の真名序《まなじょ》だが、人麻呂の身分をそれぞれ三位、五位としている。なぜ序文がふたつあり、しかも異なる位階を伝えるかは謎だが、これが人麻呂像をめぐる史料の初見である。

人麻呂はこの権威ある勅撰和歌集序文により、長く高位の人と信じられた。しかし江戸中期の真言僧で国学者でもあった契沖《けいちゅう》が、冷徹な史料批判によりこれを木っ端微塵にした。

契沖によれば、万葉時代、正五位以上の官人は、何らかのかたちで正史に氏名を記載するならわしだった。だから人麻呂がほんとうに三位や五位なら、当時の正史である日本書紀や続日本紀《しょくにほんぎ》に名前が見えるはずだが、どこにもない。しかも鴨山自傷歌の題辞には「石見国に在りて死に臨む時云々」とある。当時は貴人や高位者の訃報を記録する文字は厳密に決まっており、天皇は『崩』、皇族と三位以上は『薨』、五位以上なら『卒』と書くのだが、人麻呂のそれは六位以下の『死』である。すなわち人麻呂＝高位の人という人物像は誤りだったのである。これは訃報文字の書き分けという確証にもとづく反論の余地なき説だったから、以後の人麻呂像はほぼこれに従っている。

昭和後期には、茂吉説を批判する梅原猛《うめはらたけし》の「人麻呂鴨島水刑死説」が読書界をざわつかせた。これは人麻呂の妻だという依羅娘子《よさみのおとめ》が、夫の「鴨山自傷歌」に追和した二首にもとづく説で、人麻呂を水死とする。ときの政府高官であった人麻呂が、皇位をめぐる争いに巻き込まれたあげくに、流刑地の「石見国鴨島」で水刑に処せられたと説くのだが、確証は何もない。

では契沖以後の国文学界はどうかといえば、およそ精彩を欠いている。というのも、人麻呂が現れる史料は「万葉集」だけで、ほぼ同時代に成立したとされる日本書紀、古事記、風土記には影も形も見えないからだ。比較検討すべき史料がないのだから、万事に傍証をもとめて立論するのがならいの専門学者は手も足も出ない。せいぜい先人が掘った穴を新たにより深く掘り直すくらいしかできなかったのである。

それでも万葉学者の伊藤博《いとうはく》は、鴨山自傷歌＝歌物語説とでもいうべきものを提示した。伊藤は、人麻呂の鴨山自傷歌は、依羅娘子の追和歌二首とあわせて三首の組歌と解すべきで、これは人麻呂と妻を主人公にすえた歌物語である。人麻呂自身か、あるいは適当な俳優《わざおき》が宮中で披露した演目だったのであろう、というのだ。

しかし鴨山自傷歌が虚構の創作物なら、作者は主人公客死の現場を任意に設定できたはずである。なぜ「石見」なのか。なぜ「鴨山」なのか。伊藤は何も答えない。

また当時の宮廷に、歌俳優というような職掌があった確証もない。正統派の万葉学者である伊藤の、鴨山自傷歌＝歌物語説、人麻呂＝歌俳優説が、学界で大方の賛同を得るに至らないのは、これらの問題を克服できないからといえる。

こうした経緯をふまえて、現在の万葉辞典に載る人麻呂略歴は、次のようになっている。

柿本朝臣人麻呂
生没年不明。持統・文武朝の宮廷歌人で、多くの宮廷儀礼歌を作る。吉野宮・紀伊国行幸に従駕。日並皇子尊・高市皇子尊・明日香皇女などの死にあたって殯宮の歌を作る。また近江・瀬戸内海の旅での作があり、讃岐国・筑紫国に下ったこともある。石見国で死んだらしい。
（万葉集要覧　桜楓社）

辞典により、もっと詳しい略歴もあるが、核心部分は同じである。
……柿本人麻呂という万葉歌人は実在した。彼の作品だという万葉歌もある。それ以外何もわからない……

人麻呂探索千有余年の結論はこういう身もふたもないものだが、しかし鴨山自傷歌の題辞は、人麻呂は「石見国」で死んだと明示している。そう書くべき確かな理由があったはずである。それゆえ私の人麻呂探索も、ここからはじめることになる。

アバター人麻呂／目次

装丁／宮田麻希

アバター人麻呂

第一章　鴨山自傷歌の『石見国』は実在の石見国ではない

一

桜井満《さくらいみつる》は折口信夫《おりくちしのぶ》に連なる万葉学者で、学風は実証を重んじてきわめて堅実である。その桜井が「人麻呂の時代に、石見国がほんとうにあったという確証はない」と述べている。鴨山自傷歌の「石見国に任りて死に臨む時」という題辞を、そのまま信じることはできないというのだ。

鴨山自傷歌が詠まれた年次は不明だが、続く依羅娘子の二首（あわせて鴨山三首ということが多い）と、後人追和の二首（先行三首とあわせて鴨山五首ともいう）の直後に『寧楽宮《ならのみや》』の標題が置かれる。これは元明天皇の平城京のことで、遷都は和銅三年（710）。万葉集巻一、巻二に収められた歌は、基本的に作歌年次順に並んでいるという通説を信じれば、鴨山自傷歌が詠まれたのは平城京遷都の和銅三年以前である。

では和銅三年以前に『石見国』は本当にあったかといえば、桜井満がいう通り確証はない。

しかし万葉時代には、官撰の風土記《ふどき》というものがあった。石見国風土記を見れば、ほぼ同時代に詠まれた人麻呂自傷歌の題辞にある『石見国』の実在を確認できるのではないか。

私たちが現在活字で読める『風土記』は、元明天皇の和銅六年(713)の詔《みことのり》を受けて編纂がはじまった、いわゆる古風土記である。しかし、完本とされる記事が伝わるのは唯一出雲国風土記のみで、部分的な欠落はあるが編纂時の姿をかなりの程度とどめているとされるのが、常陸《ひたち》・播磨《はりま》・肥前《ひぜん》・豊後《ぶんご》の四風土記。それ以外は五十ケ国弱の逸文《いつぶん》(断章・断片)が伝わるのみである。

では肝心の石見国風土記はどうかといえば、影も形もない。『人丸《ひとまる》』という逸文があるにはあるが、「この記事は大いに疑問がある。偽書だと思う」と採択した今井似閑《いまいじかん》本人が注釈する後世の偽作である。この江戸中期の京都の豪商で国学者でもあった人物は、正三位の人麻呂像を没落させた契沖門下だから、師の実証主義を骨身に叩き込んでいる。となれば江戸中期までの『風土記』には、石見国という項目そのものが無かった可能性が高い。人麻呂の鴨山自傷歌で有名な石見国が、それではあんまりだというので、今井似閑がゾッキ本から無理やり『人丸』の記事を掘り出し、石見国風土記逸文として空白へ押し込んだとも考えられる。ひょっとして、偽作を捏造《ねつぞう》したのは今井似閑本人だったかもしれない。そう思いたくなるほど風土記の石見国は怪しいのである。

そういうわけだから、鴨山自傷歌が詠まれたとされる時期に、石見国が存在した傍証は何もない。律令時代の国割である石見国でさえ、史料的には二百年後の古今和歌集と同時代に成立した延喜式《えんぎしき》の諸国駅記事まで存在を確認できないのだ。スルメを見てイカがわかるか、という秀逸な言い回しがあるが、延喜式当時の石見国が、その二百年前の鴨山自傷歌題辞にある『石見国』と同じかどうかは、何ともいえないというしかないのである。

結局、桜井満がいうように「人麻呂の時代に、石見国がほんとうにあったという確証はない」のだ。

しかし私が、鴨山自傷歌の『石見国』は実在の石見国ではない、と断じるのは、石見国のこうした座りの悪さによるのではない。決定的な理由が他にある。

二

夏目漱石《なつめそうせき》の『吾輩は猫である』に『甘木先生』という医者が出てくる。漱石は落語好きで、甘木という姓は『某』字を上下に分割してこしらえた、といっている。猫には、この手の文字遊びのような駄洒落のようなものが、いくつもある。番茶の英訳を「サベイジチー（蛮茶）」としたり。Do you see the boy? を「図々しいぜ、おい！」と和訳したり。英語が怒濤のごとく押し寄せた明治時代の知識人の、屈折した遊び心がうかがえるが、日本の歴史を振り返れば、そのような異文化が大量に流れ込んだ時代がはるか以前にもあった。それは知識人が外国文字である『漢字』の洗礼を受けた大昔。中国の宋書倭国伝に讃・珍・済・興・武と書かれた、いわゆる倭の五王の時代へさかのぼる。

五人目の武《ぶ》は『大泊瀬幼武《おおはつせわかたけ》』の諱《いみな》をもつ雄略天皇であろうとされるが、この大王が漢文でしたためた堂々たる上表文が、宋書に遺されている。上表文自体は漢字博士の渡来人の代作だろうが、そもそも漢字が異国の大王と意思疎通できる便利なツールであると認識しなければ、上表文自体書くはずもない。漢字が実用的なツールとしてその頃使われだしたとすれば、その二百年後の知識人である人麻呂にとって、明治の漱石が英語で文字遊びしたような芸当は朝飯前だったはずである。

倭王武の時代に漢字が使われていた傍証は、大和ではなく東国の埼玉で出ている。

さきたま古墳群の稲荷山《いなりやま》古墳から出土した錆だらけの鉄剣の刀身部分に、裏表合計百十五文字の金《きん》象嵌《ぞうがん》銘文が、保存処理中のX線撮影で発見されたのである。出土から十年後の、昭和五十三年（1978）のことだ。

銘文には、雄略天皇とおぼしき『獲加多支鹵大王（幼武大王？）』や『斯鬼宮（磯城宮？）』といった大和関連の固有名詞が刻まれており、古代の大和と東国の間に何らかの交渉があったことをうかがわせた。

銘文は被葬者の家系を八代にわたって記している。さいごに名を刻む八代目が祖先を顕彰する目的で作らせたのは明らかだから、鉄剣が作られた当時、漢字は大和の大王周辺にとどまらず、遠く離れた東国の有力者層にもかなりのレベルで浸透していたとわかる。

類似の銘文をもつ鉄剣は、熊本や千葉でも出土している。漢字の受容は、これまで考えられてきた以上に、古く、広かったようだ。

私はこの文章をパソコンで書いている。

現代日本人が文字を書くためのツールは、たいていパソコンかスマートフォンだ。

人麻呂の時代は墨と筆である。それで木簡《もっかん》か紙に文字を書いた。

墨は磨《す》らねばならない。手頃な石を削って作った硯《すずり》に、少量の水をたらして板墨を磨るのである。

筆と墨だけあっても、硯がなければ文字は書けない。硯こそ文房四宝の要《かなめ》であり物語の母である。

もうおわかりだろう。

石見とは、「硯」字の偏《へん》『石』と、旁《つくり》の『見』を足してこしらえた戯作《げさく》である。『石』＋『見』＝『石見』だ。すなわち鴨山自傷歌の題辞にある『石見国』とは、『硯国』のことであり、人麻呂の硯が生んだ虚構の国である。たとえ律令制の石見国がすでにあったとしても、それは鴨山自傷歌題辞の『石見国』と同じではない。

鴨山自傷歌題辞の『石見国（＝硯国）』は、斎藤茂吉や梅原猛がどれほど血眼で探し回ろうと、決して見つからない嘘の国である。そのような『石見国』で詠まれたと称する鴨山三首が、伊藤博がいうように虚構の歌物語なのは当然のことなのだ。

三

前項で鴨山自傷歌の『石見国』は、戯作の『硯国』のことだと述べた。この私説が成立するには、人麻呂当時『硯』の文字が確かに存在し、硯と呼ばれた文具も確かに存在して、文人がそれで墨を磨っていたことを立証する必要がある。

まず『硯』なる文字があったかだが、これは『説文解字《せつもんかいじ》』に拠《よ》るしかない。後漢の許慎《きょしん》（58?〜147?）が編纂した中国最古の字書である。

字書とは見慣れぬ語だが、文字そのものの成り立ちや発音を説いた書物で、現在の漢和辞典のようなものとみてさほど誤らない。西暦一二一年の完成だから、万葉時代の日本で文人必携の書として舶載珍蔵されたに違いないが、驚くべきことには千九百年後の現代日本でも入手できる。

許慎のオリジナルはおよそ一万字を収録し、それぞれの成り立ちを解説するが、説明文が簡略すぎて、後代には正確な意味をつかみかねる弊《へい》が生じた。そこで文字霊に取り憑かれた学者らが、さまざまな注釈書を出すのだが、その最高峰とされるのが、清《しん》の段玉裁《だんぎょくさい》（１７３５～１８１５）の『説文解《せつもんかい》字注《じちゅう》』である。いわゆる段注本で、拙宅のもこれだ。

奥付を見ると、出版社は台湾の藝文印書館で、中華民国九十六年（２００７）八月初版二刷。厚さ五センチほどもあるがっしりした造りの大型本で、華奢な女性なら片手で持ち上がらないほど重たい。いわゆる影印本《えいいんぼん》で、清代に刊行された木版印刷本の複写らしく、なかなか趣のある紙面だが、『硯』はその四七五ページにある。

許慎の原文は肉太の大文字で彫られている。段玉裁の注はその半分ほどの大きさの文字で、ページをびっしり埋めている。むろん完全な白文なので、文字を追うだけでひと苦労だ。

しかし許慎が千九百年前に書いたオリジナル部分だけなら、ごく短いから何とか読めてしまうのが漢字文化圏の凄いところだ。

許慎オリジナルはこうある。

硯　石滑也　从石見聲　（石ノ滑《なめ》ラカナル也。石ニ従イ発音ハ見《けん》）

石に従う、がわからないが、たぶん石偏に属する文字ということだろう。硯＝滑らかな石、は間違いないから、自然石を削ってつくる現在の硯と同じものである。この文房四宝の核心である硯が、説文解字から五百数十年後の万葉日本で広く使われたのは、墨筆木簡が明日香をはじめ各地で少なからず出土するから確実である。だから鴨山自傷歌の題辞にある『石見国に在りて』は、『硯生まれの戯《ざれ》言《ごと》です』と前口上するに等しい。『おわかりでしょうが、この歌物語は硯で磨った墨から生まれた絵空事でございます』と前振りしているのだ。人麻呂の鴨山自傷歌は、そのような字解きの面白さを心得て、虚構の物語を愉しめる少数の知識人に向けて書かれた嘘なのである。

四

石見国について続ける。
いわゆる鴨山三首を検討する。万葉集の二二三～二二五の歌群である。

　柿本朝臣人麻呂在石見國臨死時自傷作歌一首

二二三　鴨山之　磐根之巻有　吾乎鴨　不知等妹之　待乍将有

　柿本朝臣人麻呂死時妻依羅娘子作歌二首

二二四　且今日、、　吾待君者　石水之　貝尓一云谷尓交而　有登不言八方

二二五　直相者　相不勝　石水尓　雲立渡礼　見乍将偲

柿本朝臣人麻呂、石見國に在りて死に臨む時に、自ら傷みて作る歌一首

〔二二三〕鴨山の　岩根しまける　我れをかも　知らにと妹が　待ちつつあるらむ

（鴨山の岩を枕に死にかけている私なのだ。愛しい妻はそうとは知らずに、今か今かと待ちわびてるんだろうなぁ）

柿本朝臣人麻呂が死にし時に、妻依羅娘子が作る歌二首

〔二二四〕今日今日と　我《あ》が待つ君は　石川の　貝に交りて　ありといわずやも

（今か今かとお帰りを待ち焦がれているあなたは、石川の貝に交じっているというじゃありませんか）

〔二二五〕直《ただ》の逢ひは　逢ひかつましじ　石川に　雲たち渡れ　見つつ偲《しの》はむ

（じかにお逢いするのは、とても無理でございましょう。せめて雲よ、石川に立ち渡っておくれ。それを見ながら、あなたをおしのびしましょう）

歌の頭につけた数字は通しのナンバリングで、その歌が万葉集の何首目にあるかを示している。鴨山自傷歌は二二三だから、先頭から数えて二二三番目に出てくる。二二三番歌と略すことが多い。鴨山三首はいろいろ突っ込みどころの多い歌群である。

二二三は、人麻呂が、鴨山でいまにも死にそうだ、と訴えている。

続く二二四は、人麻呂が死んだ後の石見の人麻呂宅へ場面転換する。夫の死を知らされた現地妻の依羅娘子が、待ちわびた夫は、こともあろうに石川の貝に交じって死んでるというじゃないの、と慟《どう》哭《こく》するのだ。

人麻呂はどうやら、どこかへの長旅を終えて、依羅娘子が首を長くして待つ石見の自宅へ戻る途中だったらしいのだが、何か悪い病気にでも罹《かか》ったのだろうか。やっとの思いで鴨山の岩場までたどり着いたが、そこで精根尽き果て、もはやこれまでと自傷歌を詠んで、岩を枕に死にかけている。そんな人麻呂の死を誰かが依羅娘子に伝えたのである。

その誰かは、伝書鳩でもない限り、人麻呂の同行者のはずである。すると同行者は人麻呂の死に立ち会ったのだから、臨終の場所が鴨山の岩場か、石川の水の中か、知らないはずはない。

鴨山の岩場へ倒れ伏し、もはや虫の息の人麻呂が「やっとの思いで鴨山の岩場まで戻ったが、もう一歩も動けない。サヨウナラ」という悲痛な自傷歌を同行者に託して、石見の留守宅へ届けてもらったというのに、死を知った妻は「愛しいあなたは石川の貝に交じって死んでるだなんて！」と号泣する。およそ理解不能の妄言だが、依羅娘子は愛する夫の死に動転した、といえなくもない。

しかし、山の岩場で死んだはずの人麻呂が、依羅娘子がいうように、ほんとうに石川の貝に混じって死んでいるのだとすれば、次のような可能性が考えられなくもない。すなわち人麻呂は岩場で死んだように見えたが、実は仮死状態だったのである。それが、同行者がちょっと目を離したすきにさいごの引きつけを起こし、岩から転げ落ちて谷底の石川で溺死したのだ……。

そういうことなら、石川は鴨山の急斜面を下りきった谷底を流れているはずで、それは山峡《やまかい》にありがちな地形である。そこで二二四の「石川の　貝に交りて」を「石川が流れる山峡に、人麻呂（の死体）が迷い込んでいる」と解釈する説が出るのだが、二二四の原文は「石水之　貝尓一云谷尓交而」である。

貝と峡《かい》（谷）。

どちらが本当か。

私としては、鴨山がある石見国はそもそも嘘の国だから、「貝に交じりて」は、川底の貝でも急峻な山峡でも構わないのだが、それではあまりに無責任だというなら、正解はズバリ『貝』である。

なぜそういえるか。

それは『石川』が嘘の国の『石見国』の嘘の川で、ゆえに川底の貝も嘘の貝だからである。もっと簡単にいえば、『石』と『貝』を接着すれば『硯』になる。石川の貝も硯の母が生んだ嘘なのだ。万葉時代は筆文字だから、貝と見はまるで双子で、よほど丁寧に書かない限り判別は難しい。

ここで説文解字である。

『見』は四一二ページにあり、『視也（見ルナリ）』と説明している。『貝』は二一八ページで、『海介蟲也（鎧《よろい》ヲツケタル海ノ虫ナリ）』とある。貝殻を甲冑に見立てたのだろう。どちらも説文解字のずっと前からある古い文字だが、混同されることは少なくなかったはずだ。

斎藤茂吉は湯抱山《ゆがかいやま》こそ鴨山の後身であるとした。となれば、石川は必ず付近になければならない。探しに探したが、どうしても見つからない。しかし人麻呂からゆうに千年以上経っている。崖崩れや鉄砲水で山裾の川の流路が変わるのはあり得なくはないだろう。おそらく石川もそうにちがいない。

茂吉はそこで、石川は石見国随一の大河江《ごう》の川上流の名もなき一支流であろうと無理やり結論した。しかし、もしそうなら『鴨山』は湯抱山ではなく、その名無し川近傍で見出されねばならないが、そういう山はどうしても見当たらない。結局、あちらを立てればこちらが立たず、こちらを立てればあちらが立たずの堂々めぐりになるから、茂吉は「湯抱山」を立てて、石川は「名もなき一支流であろう」とボカすしかなかったのである。

茂吉の執念の探索に敬意を払えば、現実の石見国に鴨山と石川のセットが存在しないのは明らかである。となれば二二四の『石川の貝』は、『石見』の文字を硯水につけて、新たに『石』川と『貝』を生み出したとみるのが妥当だろう。この手の操作は二二五も同じで、『石川に雲たち渡れ見つつ偲はむ』の、三句目以後に現れる『石』と『見』を接着すれば『硯』になる。ともに「硯」生まれの嘘なのである。

けっきょく鴨山三首は、自傷歌を詠んだ柿本朝臣人麻呂を名乗る同一人物の連作である。三首ともに、硯生まれの嘘ですよ、という標識をさりげなく埋め込んで、わかる人にはわかるように配慮しているからだ。

ここでいうわかる人とは、ごく一部の知識人、万葉集巻一から巻五あたりまでに歌が載るような宮廷人や上流階級の人々だが、これが人麻呂の人間関係の中核だったはずである。いかに歌力に優れようと、いかに万事混沌たる万葉の昔であろうと、六位以下の官人がそのようなVIPの交流範囲へもぐり込めたとは思えない。人麻呂にもし官位があったとすれば、どう低く見ても、古今集真名序がいう『五位』以上であろう。明治の鹿鳴館で夜な夜な行われた舞踏会に、神田あたりの夜鳴き蕎麦屋がもぐり込めたはずはないのと同じである。

こう考えると、斎藤茂吉説や梅原猛説の根底にある「万葉人は嘘をつかない」「万葉歌は嘘いつわりのない真実の歌である」という信念は世迷言《よまいごと》である。

乙巳《いっし》の政変（いわゆる大化の改新）後に打ち出された公地公民《こうちこうみん》制は、六歳以上の男女公民に口分田《くぶんでん》を分け与える班田収授《はんでんしゅうじゅ》の法を基礎とするが、これが嘘の温床であった。少しでも早く班田の分け前にあずかろうと、四歳や五歳の子を六歳といつわって届け出るのは珍しくなかったし、他人の子をわが子といつわって届けることもあった。口分田は支給対象者が死んだら朝廷に返納しなければならなかったから、対象者の死をひた隠して返納逃れする不正も横行した。現代でも親の死を隠して年金を不正受給し続ける詐欺が後を絶たないが、そういう背徳の人情の有り様は人麻呂の時代も同じで、およそ人の世である限り、嘘いつわりのない世の中などないのである。歌もまた人が詠むものである以上、例外ではあり得ない。人麻呂作歌だけはその限りでない、などというのは贔屓《ひいき》の引き倒しであろう。

鴨山三首がほんとうに人麻呂作なら、この万葉の歌聖はただならぬ嘘つきであり、文字も語句も自在にあやつるとんでもない教養人である。むろん契沖がいうような余裕のない下級役人などではあり得ない。そういう私家版人麻呂像については、おいおい述べる。

まだ依羅娘子について語っていない。この石見の現地妻は人麻呂の嘘の相方である。存在そのものが嘘の女性である。嘘の国の石見の住人が、本物の人間であるはずがない。

依羅娘子は、多くの先学が指摘する通り、名前からしておかしい。

万葉時代の女性はよほど高貴の身でない限り、固有名詞は伝わらないのが普通だ。人麻呂の次世代歌人の高橋連蟲麻呂《たかはしのむらじむしまろ》の長歌に『周淮《すえ》の珠名《たまな》』という大美人が登場するが、これは例外中の例外で、ふつうは『土地名＋娘子』で特定の女性を指す。出雲出身は出雲娘子。常陸出身なら常陸娘子だ。だから依羅娘子は『依羅』出身のはずである。

万葉時代の依羅は、現在の大阪市南部から堺市北部にかけての海岸沿いの一帯で、依羅娘子というからには家はこのへんのはずだが、なぜか石見在住である。多くの先学がこれを不審とするが、なぜそうなのかは明らかにしない。この現地妻自体が嘘の存在だから、細かいことはどうでもよい、と戯作者すなわち人麻呂が考えたかどうかはわからないが、万葉人にも奇妙に思われたのは確かであろう。この嘘の女性についての私案は第八章に譲り、ここではこれ以上述べない。

第二章　人麻呂は『自傷歌』の家元である

一

　前章で、人麻呂が自傷歌を詠んだ鴨山がある『石見国』は嘘の国であり、そこを流れる石川も嘘の川だと断定した。大道具の『石見国』が嘘なら、小道具の『鴨山』も『石川』も嘘なのは当然で、川底の『貝』も人麻呂が死出の枕にした『磐根』も、現地妻の『依羅娘子』も、すべて戯作者の硯が生んだ嘘である。

　しかしこの戯作者は、すなわち柿本朝臣人麻呂を名乗る人物は、とんでもない教養人であり、ただならぬ嘘の達人である。そこらの詐欺師は口から出まかせの貧寒な嘘を吐き散らすからすぐに嘘だとバレるが、人麻呂のような本物の教養人は、嘘にも完結した世界を構築する。もし完全な嘘の世界があるとしたら、それは本物と寸分違わぬはずで、そのような完璧な嘘の世界を造形することが、このクラスの嘘つきの本能といってよい。

　実際、人麻呂が語った石見国鴨山での客死は、千年以上も真実とされてきた。契沖は人麻呂の官位をダダ下げはしたが、鴨山自傷歌が語る世界観まで否定したわけではない。

伊藤博は明敏にも人麻呂歌徘優説を唱えたが、いま仮に、幻想の舞台に明日香の石舞台古墳のような小暗い岩場をしつらえてみよう。

やがて胸奥を掻きむしるような琵琶が、きれぎれに鳴り出す。

人麻呂が、旅に病み衰えた脚を引きずりながら舞台へ登場し、愛妻が待つ石見国の自宅にほど近い鴨山までようやっとたどり着いたが、もはや精魂尽き果て、一歩も動けない、と口上を述べる。

琵琶がひとしきり激しく打ち鳴らされ、人麻呂無情の大岩へどっと倒れ込んで、いよいよ自傷歌を詠むクライマックスである。

哀れなるかな人麻呂はよぅ〜、ズレンズレンと琵琶がむせび哭《な》き、人麻呂もはやこれまでと岩場に半身を起こして、ふるえる声で自傷歌を詠みだすのだ。

……知らにと妹がァ待ちつつあるらむゥ〜、で舞台がすうっと暗くなり、人麻呂の声のみふたたび……待ちつつあるらむゥ〜……と木霊《こだま》のように繰り返すうちに暗転する、といった感じで某夜の歌芝居が行われたのでもあろうか。

人麻呂様が横たわる大岩の、なんと冷たく、無情なことよと、観衆涙を拭き拭きのしるうちに、幕がスルスル下りる、というような舞台を想像したくなるが、むろんこれは妄想である。折口信夫や伊藤博がいうように、当時の宮廷に、歌所や歌徘優という存在があったかどうかは確認できないからだ。

しかしこういう風に書くと、どうしても四番目能の舞台を想像したくなるのだが、「能　鴨山」でネット検索した限りでは、そういう演目は見当たらないようだ。観世両阿弥が人麻呂の鴨山自傷歌を知らなかったはずはないが、何か障りがあって自粛したのかもしれない。

二

さて無情の岩である。

岩なんかどこにでもあるし、明日香にはいまでも亀石やら酒船石といった正体不明の大岩があるが、人麻呂が歌の上で斃れ伏す『磐《いわ》』は、いったいどこから来たのだろうか。

むろんこれも硯生まれの嘘だが、しかしケタ外れの教養人人麻呂がついた嘘だから、たぶんどっかの崖から転げ落ちたんでしょうなァ、ではすまされない。何らかの根拠があるはずで、それは必ず探し出せるはずだ。

すでに述べたように人麻呂の鴨山自傷歌は嘘だが、万葉集では正真正銘の自傷歌として扱われ、巻二挽歌部のさいごの方に置かれている。

挽歌は本来は、葬送で柩《ひつぎ》を曳く際に曳き手が歌う歌だったというが、日本では早くに守備範囲を拡げて、死者を哀しんだり悼《いた》んだりする歌全般を指すようになった。

『自傷歌』は、大きな区分けでは挽歌に含まれる。万葉集はそのように扱っているが、通常の挽歌とは明らかに異なる特殊な歌である。それは『まもなく死んでゆく本人が、死にゆく自らを傷んで詠んだ歌』という異常な世界をもつからで、万葉集中で『自ら傷みて』と題辞にあるのは、巻二挽歌部の二首しかない。劈頭《へきとう》に置かれた有間皇子《ありまのみこ》の結び松自傷歌と、さいごの方に据えられた人麻呂の鴨山自傷歌だけである。

有間皇子自傷結松枝歌二首

一四一　磐代乃　濱松之枝乎　引結　真幸有者　亦還見武

一四二　家有者　笥尓盛飯乎　草枕　旅乎之有者　椎之葉尓盛

柿本朝臣人麻呂在石見國臨死時自傷作歌一首

二二三　鴨山之　磐根之巻有　吾乎鴨　不知等妹之　待乍将有

有間皇子、自ら傷みて松が枝を結ぶ歌二首

〔一四一〕岩代の　浜松が枝《え》を　引き結び　ま幸《さき》くあらば　また還《かえ》り見む

（私はいま、岩代の浜松の枝と枝とを引き結んでゆく〔自分の命をこの世へ結び留める呪的行為という：筆者注〕。もし無事にここへ戻れたら、結んだこの枝をまた見られるだろう）

〔一四二〕家なれば　笥《け》に盛る飯《いい》を　草枕　旅にしあれば　椎《しい》の葉に盛る

（家であれば、立派な器に盛って神に供える飯だが、いまは万事不自由な旅先の身だから、道端の椎の葉に盛ってお供えすることだ）

柿本朝臣人麻呂、石見の国に在りて死に臨む時に、自ら傷みて作る歌一首

〔二二三〕鴨山の　岩根しまける　我れをかも　知らにと妹が　待ちつつあるらむ

（鴨山の岩を枕に死にかけている私なのだ。愛しい妻はそうとは知らずに、今か今かと待ちわびてるんだろうなぁ）

桜井満によれば、編纂当初の万葉集巻二挽歌部は、鴨山自傷歌で結ばれていたという。挽歌部の初めと終わりに、『自ら傷みて』と題辞に書く特殊な歌を据えたわけだ。自傷歌二首がそれだけ重んじられたか、あるいは巻二挽歌部を現在の形にした編者が、何がなんでもそのように構成するのだという強い意志をもっていた証左である。

しかし再度繰り返すが、人麻呂の鴨山自傷歌は虚構である。巻二挽歌部の編者は、そうとは知らなかったのか。あるいは嘘と承知のうえで、現在の位置を与えたのか。これは大きな問題である。

三

巻二の挽歌は、歌番号でいえば一四一から二三四までの九十三首である。

このうち一四一（十一四二）と二二三の自傷歌二首が、他を圧して重視されたのは、詠者の死が異常死だったからだろう。そのような特殊な歌に、挽歌部の中で特別な位置を与えることが、亡き詠者

を鎮魂慰撫することになる、と考えられたのである。

一四一　磐代乃　濱松之枝乎　引結　真幸有者　亦還見武
二二三　鴨山之　磐根之巻有　吾乎鴨　不知等妹之　待乍将有

両歌ともに、原文表記はおよそ二十文字。

有間皇子は岩代の海岸で刑死。

人麻呂は鴨山の岩場で客死。

海幸山幸《うみさちやまさち》神話のようなわざわざしい対立の構図だが、助詞（いわゆる『てにをは』）の「之《の》」「乎《を》」を除けば、両歌に共通して『磐』字が用いられているのに注目したい。

それぞれ二十文字ほどで表記される自傷歌二首に使われる文字で、助詞以外の文字が二首に共通する確率は20分の１×20分の１＝４００分の１である。少ないが、きわめて稀というほどでもない。これだけなら偶然といえなくもない。

しかし『自傷歌』は、実はもう一首ある。

巻三挽歌部二首目の、大津皇子《おおつのみこ》の歌である。

大津皇子被死之時磐余池陂流涕御作歌一首
四一六　百傳　磐余池尓　鳴鴨乎　今日耳見哉　雲隠去牟

大津皇子、死を被《たまは》りし時に、磐余《いわれ》の池の堤《つつみ》にして涙を流して作らす歌一首

〔四一六〕百傳《ももづた》ふ　磐余の池に　鳴く鴨を　今日のみ見てや　雲隠りなむ

（百《ひゃく》に伝い行く五十《い》、その『イ』音をもつ磐余の池に鳴く鴨を、今日を見納めにして、私は雲のかなたへ去ってゆくのか）

題辞は『流涕御作歌《なみだをながしてつくらすうた》』だが、『まもなく死んでゆく本人が、死にゆく自らを傷んで詠んだ歌』という定義に照らせば、これはまぎれもなく自傷歌である。

そして原文表記およそ二十文字のこの歌にも、『磐』字が使われている。

万葉集中に三首しかない自傷歌に、『磐』字が共通して使われる確率は、20×20×20分の1＝8000分の1である。万葉集の歌がおよそ四千五百首なのを考えれば、まず偶然ではあり得ない数字で、自傷歌の表記には必ず『磐』字を入れ込むのだという、何者かの強烈な意思を感じずにはいられない。

この事実は、現万葉集の自傷歌三首は、すべて『磐』字を注入した後の姿であり、それぞれの詠者の完全なオリジナルではないのではないか、という疑いを呼び起こすに十分である。

そして再々度繰り返すが、人麻呂の鴨山自傷歌ははなから虚構だから、『磐』字だろうが何だろうが好き放題注入できる。だから鴨山自傷歌に先行する『有間皇子自傷歌』と『大津皇子自傷歌』に、何者かが後付けで『磐』字を注入して改作したか、あるいは新たに『磐』字入りの代作を詠んだことになるが、そんなことが本当にあるのだろうか。

四

現万葉集に収められた三首の自傷歌は、それぞれ追和歌《ついわか》を伴って歌群を形成している。いまそれらを仮に『有間皇子自傷歌群』『大津皇子自傷歌群』『人麻呂鴨山自傷歌群』と名づけて、歌番号順に列挙してみよう。

【有間皇子自傷歌群】

有間皇子自傷結松枝歌二首

一四一　磐代乃　濱松之枝乎　引結　真幸有者　亦還見武

一四二　家有者　笥尓盛飯乎　草枕　旅乎之有者　椎之葉尓盛

長忌寸意吉麻呂見結松哀咽歌二首

一四三　磐代乃　崖之松枝　将結　人者反而　復将見鴨

一四四　磐代之　野中尓立有　結松　情毛不解　古所念

山上臣憶良追和歌一首

一四五　鳥翔成　有我欲比管　見良目杼母　人社不知　松者知良武

大寶元年辛丑幸于紀伊國時見結松歌一首

一四六　後将見跡　君之結有　磐代乃　子松之宇礼乎　又将見香聞

【大津皇子自傷歌群】

大津皇子被死之時磐余池陂流涕御作歌一首

四一六 百傳 磐余池尓 鳴鴨乎 今日耳見哉 雲隠去牟

大津皇子薨之後大来皇女従伊勢齋宮上京之時御作歌二首

一六三 神風之 伊勢能國尓母 有益乎 奈何可来計武 君毛不有尓

一六四 欲見 吾為君毛 不有尓 奈何可来計武 馬疲尓

移葬大津皇子屍於葛城二上山之時大来皇女哀傷御作歌二首

一六五 宇都曽見乃 人尓有吾哉 従明日者 二上山乎 弟世登吾将見

一六六 礒之於尓 生流馬酔木乎 手折目杼 令視倍吉君之 在常不言尓

右一首今案不似移葬之歌蓋疑従伊勢神宮還京之時路上見花感傷哀咽作此歌乎

【人麻呂鴨山自傷歌群】

柿本朝臣人麻呂在石見國臨死時自傷作歌一首

二二三 鴨山之 磐根之巻有 吾乎鴨 不知等妹之 待乍将有

柿本朝臣人麻呂死時妻依羅娘子作歌二首

二二四 且今日、、、 吾待君者 石水之 貝尓交而 有登不言八方

二二五 直相者 相不勝 石水尓 雲立渡礼 見乍将偲

丹比真人擬柿本朝臣人麻呂之意報歌一首

二二六　荒浪尓　縁来玉乎　枕尓置　吾此間有跡　誰将告

或本歌曰

二二七　天離　夷之荒野尓　君乎置而　念乍有者　生刀毛無

右一首歌作者未詳但古本以此歌載於此次也

有間皇子、自ら傷みて松が枝を結ぶ歌二首

〔一四一〕岩代の　浜松が枝を　引き結び　ま幸くあらば　また還り見む

（私はいま、岩代の浜松の枝と枝とを引き結んでゆく。もし無事にここへ戻れたら、結んだこの枝をまた見られるだろう）

〔一四二〕家なれば　笥に盛る飯を　草枕　旅にしあれば　椎の葉に盛る

（家であれば、立派な器に盛って神に供える飯だが、いまは万事不自由な旅先の身だから、道端の椎の葉に飯粒を盛ってお供えすることだ）

長忌寸《ながのいみき》意吉麻呂《おきまろ》、結び松を見て哀咽《かな》しぶる歌二首

〔一四三〕磐代《いわしろ》の　崖《きし》の松が枝《え》　結びけむ　人は帰りて　また見けむかも

（岩代の崖のほとりの松の枝、この枝を結んだというそのお方は、立ち帰って再びこの松をご覧になったことであろうか）

〔一四四〕磐代の　野中に立てる　結び松　心も解けず　いにしへ思ほゆ

(岩代の野中に立っている結び松よ、お前の結び目のように、私の心はふさぎ結ぼおれて、昔のことがしきりに思われるよ)

〔一四五〕天翔《あまがけ》り　あり通いつつ　見らめども　人こそ知らね　松は知るらむ

(皇子の御魂は天空を飛び通いながら常にご覧になっておりましょうが、人にはそれがわからない、しかし、松はちゃんと知っているのでしょう)

大宝元年辛丑《かのとうし》に、紀伊《き》の国に幸《いでま》す時に、結び松を見る歌一首　※柿本朝臣人麻呂が歌集の中に出づ

〔一四六〕後見《のちみ》むと　君が結べる　磐代の　小松がうれを　またも見むかも

(後に見ようと、皇子が痛ましくも結んでおかれたこの松の梢よ、この梢を、私は再び見ることがあろうか)

大津皇子、死を被《たまは》りし時に、磐余の池の堤にして涙を流して作らす歌一首

〔四一六〕百傳《ももづた》ふ　磐余の池に　鳴く鴨を　今日のみ見てや　雲隠りなむ

(百《ひゃく》に伝い行く五十《い》、その『イ』音をもつ磐余の池に鳴く鴨を、今日を見納めにして、私は雲のかなたへ去ってゆくのか)

大津皇子の薨《こう》ぜし後に、大伯皇女《おおくのひめみこ》、伊勢の斎宮《いつきのみや》より京《みやこ》に上る時に作らす歌二首

〔一六三〕神風の　伊勢の国にも　あらましを　何しか来けむ　君もあらなくに

(神風が吹く伊勢の国にでもいたほうがよかったのに、なぜ大和なんかへ戻ってきたのだ

ろう。わが弟ももうこの世にいないのに）

〔一六四〕見まく欲り　我がする君も　あらなくに　何しか来けむ　馬疲るるに

（逢いたいと私が願う弟はもういないのに、なぜ大和なんかへ戻ってきたのだろう。馬が疲れるだけなのに）

大津皇子の屍《かばね》を葛城《かつらぎ》の二上山《ふたかみやま》に移し葬《はぶ》る時に、大伯皇女の哀傷《かな》しびて作らす歌二首

〔一六五〕うつそみの　人にある我《あ》れや　明日よりは　二上山を　弟背《いろせ》と我《あ》れ見む

（現世に生きる人であるこの私、私は明日からは二上山を弟としてずっと見つづけよう）

〔一六六〕磯の上に　生《お》ふる馬酔木《あしび》を　手折《たお》らめど　見すべき君が　在《あ》りと言はなくに

（岩のほとりに生えている馬酔木を手折ろうとはしてみるけれど、これを見せることのできる君がこの世にいるとは、世の人の誰ひとり言ってくれないではないか）

右の一首は、今案《かむが》ふるに移し葬る歌に似ず。けだし疑はくは、伊勢の神宮より京に還る時に、路《みち》の上に花を見て感傷哀咽《かんしょうあいえつ》してこの歌を作るか。

大津皇子自傷歌群の五首については、本人自傷歌と追和歌四首が巻を飛び越えて乖離《かいり》しているが、その理由については次章で述べる。

柿本朝臣人麻呂、石見の国に在りて死に臨む時に、自ら傷みて作る歌一首

〔二二三〕鴨山の　岩根しまける　我れをかも　知らにと妹が　待ちつつあるらむ

（鴨山の岩を枕に死にかけている私なのだ。愛しい妻はそうとは知らずに、今か今かと待ちわびてるんだろうなぁ）

柿本朝臣人麻呂が死にし時に、妻依羅娘子《よさみのおとめ》が作る歌二首

〔二二四〕今日今日と　我《あ》が待つ君は　石川の　貝に交りて　ありといわずやも

（今か今かとお帰りを待ち焦がれているあなたは、石川の貝に交じっているというじゃありませんか）

〔二二五〕直《ただ》の逢ひは　逢ひかつましじ　石川に　雲たち渡れ　見つつ偲《しの》はむ

（じかにお逢いするのは、とても無理でございましょう。せめて雲よ、石川に立ち渡っておくれ。それを見ながら、あなたをおしのびしましょう）

丹比真人《たじひのまひと》、柿本朝臣人麻呂の意《こころ》に擬《なずら》へて報《こた》ふる歌一首

〔二二六〕荒波に　寄り来る玉を　枕に置き　我《われ》ここにありと　誰《た》れか告げなむ

（荒波に寄せられて来る玉、その玉を枕辺に置いて私がこの浜辺にいると、誰が告げてくれたのだろうか）

〔二二七〕天離《あまざか》る　鄙《ひな》の荒野《あらの》に　君を置きて　思いつつあれば　生《い》けるともなし

（遠い片田舎の荒野にあの方を置いたままで思いつづけていると、生きた心地もしない）

右の一首の歌は、作者未詳。ただし、古本《こほん》この歌をもちてこの次《つぎて》に載《の》す

三組の自傷歌群は、すべて「本人自傷歌＋追和歌四首」で構成されているのがわかる。これが自傷

歌群の定型で、追和歌四首はおそらく『死』を暗示している。ために編者は、一四六や一六六の歌をどこからか無理やり引っ張り出してきて、追和歌不足の歌群を定型に仕上げている。

さいごの人麻呂鴨山自傷歌群が、追和歌四首を含めて完全な虚構なのは、再三指摘した通りだ。そこで当然ながら、その前の大津皇子自傷歌群と有間皇子自傷歌群はどうなのかということになる。

五

まず大津皇子自傷歌だが、すでに多くの先学が指摘する通り、明らかな代作である。歌中で自らの死を「雲隠れる」と表現するが、これは貴人の死を第三者が婉曲《えんきょく》に述べる際の慣用句で、貴人本人が自らの死に用いることはない。代作の明確な証拠といえる。

伊藤博は四一六番歌についてこう述べる。

「雲隠る」を人の死について用いる場合は、万葉では貴人の死を遠回しにいう表現として用いるのが普通。死に行く人自身がみずからに「雲隠りなむ」というのは自然ではないのである。それで一首を後人仮託の歌とする見方がある。これはおそらくあたっている。しかし、後人の仮託などとは決して思いたくないような、これはどうしても皇子のじかの声であってほしいような魅力がこの歌にはある。

伊藤博にここまでいわせる歌が、凡百の歌詠みの代作とは思えない。これはやはり第一級の歌人が大津皇子になりきって詠んだ力作である。しかもこの代作歌人は、大津皇子の日常を知悉《ちしつ》する人物である。でなければ「磐余の池に鳴く鴨」を眺めて心安らぐ愉しみが大津にあったなどとは知るよしもない。

大津皇子は人望に優れ、宮廷に多くの知友があった。それを公私の二グループに分ければ、この代作歌人は明らかに『私』のグループに属す人物である。それも大津と肩を並べて磐余の池の鴨を眺めながら由無《よしな》し事を語り合うほどに肝胆相照《かんたんあいて》らした朋友《ほうゆう》の誰か。すなわち大津がもっとも心を許した同世代の友人の誰か、と考えるのが自然であろう。そうであればこそ、この代作歌人は無念の死を遂げた大津になり替わって、心中密かに号泣しながら四一六番歌を詠み得たのである。しかもこの誰かは、四一六番歌に「磐余の池」を詠み込んで、代作標識の『磐』字を入れ込んでいる。そんな細工が可能な歌詠みは、鴨山自傷歌を詠んだ人麻呂以外にあり得ない。すなわち四一六番歌の代作歌人は人麻呂その人ということになる。その人麻呂が、血の涙を流しつつ詠んだのが四一六番歌なのだ。二人の関係がただならぬものであった証左である。

本邦初の漢詩集である懐風藻《かいふうそう》に、「臨終」と題する大津皇子の五絶がある。

金鳥臨西舎　金鳥西舎臨らひ、（太陽が西へ傾き）
鼓聲催短命　鼓声短命を催す。（鼓が残り少ない命を急きたてる）
泉路無賓主　泉路賓主無し、（黄泉路には主も客もない）

此夕離家向　此夕家を離りて向かふ。（私はひとり家を離れて死へと向かうのだ）

中国は詩賦《しふ》の国であり、見事な詩を詠むことが士大夫《したいふ》の条件であった。万葉仮名は漢字の音を借用した変体仮名表記だから、そのままでは中国人は理解できない。そこで彼らが読める本格的な漢詩をこしらえて、大和国の矜持《きょうじ》を示そうとした。懐風藻はそのような目的で編《あ》まれた漢詩文集で、いわば文芸版鹿鳴館である。

大津皇子の「臨終」という五言絶句は、明らかに四一六番歌の漢詩版だが、むろん大津皇子真作ではない。すると誰が代作したかだが、四一六番歌の代作者がその意を漢訳したと考えるのが妥当だろう。最終的には渡来系の漢字博士の推敲が入ったかもしれないが、五絶「臨終」も人麻呂作ということだ。

この当時、漢字を自在に駆使できたのは、ごく少数の知識人だけであった。その中で見事な漢詩を作るほどの文藻《ぶんそう》と漢文の教養を兼ね備えた人物となれば、懐風藻に名を連ねる文人、官人、僧侶、渡来人程度に限られただろう。すなわち、五絶「臨終」の代作者が人麻呂だとすれば、この謎の歌聖の正体を、懐風藻の詩人の中に見出せる可能性がある。

しかし人麻呂がいくら歌聖とはいえ、およそ百年後に登場する御大師様《おだいしさま》みたいに何でもかんでも人麻呂代作にしていいのか、という声は当然あるだろう。

私は、諾《よい》、と断言する。

阿倍仲麻呂《あべのなかまろ》は人麻呂のひと世代後の官人だが、遣唐使として派遣された先の唐皇帝三代に仕えてついに帰朝せず、彼の地に骨を埋めた。小倉百人一首に「天《あま》の原ふりさけ見れば春日なる三笠の山に出でし月かも」の一首を採られた歌人であり、唐土では李白や王維など名だたる詩人らと交誼《こうぎ》があった。酒仙詩人の李白とは特に親しかったようで、仲麻呂が帰朝すべく乗り込んだ船が嵐で消息不明になり、難破を噂された折りには、亡き友を悼《いた》む詩を献じたほどの間柄である。このあたりの友情の機微が、時空を隔てた人麻呂と大津皇子の間にも看て取れそうに思えるのだ。仲麻呂は和漢に通じた国際派のとんでもない天才だったが、おそらく人麻呂も勝るとも劣らない天才であっただろう。何でもかんでも人麻呂のせいにしても、なお役不足の知の巨人であったといえる。

人麻呂が懐風藻に本名で詩を残しているとすれば、人麻呂は大津皇子（６６３〜６８６）と同世代と思われるから、大津皇子の生年（６６３）を基準にして、懐風藻に名を連ねる詩人の中から、ほぼ同世代らしき人物を探せばよいことになる。

すると、次の十名が検討対象になるだろう。

河島皇子《かわしまのみこ》（６５７〜６９１）
中臣大島《なかとみのおおしま》（?〜６８９）
紀麻呂《きのまろ》（６５９?〜７０５）
大神高市麻呂《おおみわのたけちまろ》（６５７〜７０６）
大神安麻呂《おおみわのやすまろ》（６８９藤原史他とともに判事となる。史と同世代か）
犬上王《いぬかみおう》（?〜７０９）

調忌寸老人《つきのいみきおきな》（689藤原史他とともに判事となる。史と同世代か）
藤原史《ふじわらのふひと》（659～720）
伊余部馬養《いよべのうまかい》（藤原史らとともに大宝律令選定にあたる。史と同世代か）
石川石足《いしかわのいわたり》（667～729）

このリストに、人麻呂は本当にいるのか。まだ何ともいえないが、章が進むにつれておのずから明らかになるだろう。

いま考えるべきは、嘘のスペシャリスト人麻呂が、なぜ後代の人々が容易に代作と判定できるような不手際な歌をこしらえて、四一六番歌としたかである。人麻呂の歌力をもってすれば、契沖先生でも代作と見破れない歌を詠むなど造作もなかったはずだ。しかし、あえてやすやすと代作判定できる歌句を入れ込んだ歌を作った。

わざとそうしたのである。

なぜそんなことをしたのか。

六

先学が明白な代作と断じる四一六番歌は、いま巻三挽歌部の二首目に置かれている。

四一六番歌がいつからここへ置かれたか明らかでないが、この歌が本来置かれていたのは巻二挽歌部の一六二番枠だったのは間違いない。というのは、巻二挽歌部に、大津皇子自傷歌に追和した大伯皇女（大津皇子の同母姉）の挽歌四首（一六三〜一六六）が取り残されているからで、それは編纂当初の巻二挽歌部では、この四首の前に大津皇子自傷歌が置かれていたことを明示している。大津皇子自傷歌は、かつて確かに一六二番枠にあったのだ。

しかし現万葉集では、大伯皇女の挽歌四首の前に大津皇子自傷歌はなく、あるのは持統天皇詠と伝える次の歌である。

天皇崩之後八年九月九日奉為御齋會之夜夢裏習賜御歌一首

一六二　明日香能　清御原乃宮尓　天下　所知食之　八隅知之　吾大王　高照　日之皇子　何方尓　所念食可　神風乃　伊勢能國波　奥津藻毛　靡足波尓　塩氣能味　香乎礼流國尓　味凝　文尓乏寸　高照　日之御子

天皇の崩《かむあが》りましし後の八年、九月九日の奉為《おおみため》の御齋會《ごさいえ》の夜、夢の裏《うち》に習ひたまふ御歌一首

〔一六二〕明日香の　清御原の宮に　天の下　知らしめしし　やすみしし　我が大王　高照らす　日の皇子　いかさまに　思ほしめすか　神風の　伊勢の国は　沖つ藻も　靡みたる波に　潮気のみ　香れる国に　味凝り　あやにともしき　高照らす　日の御子

（明日香の清御原《きよみはら》の宮にあまねく天下を支配せられた我が大君、高く天上を照らし給う我

が天皇よ、大君はどのように思《おぼ》し召されて、神風吹く伊勢の国は、沖の藻も靡《なび》いている波の上に潮の香ばかりがけぶっている国、そんな国においであそばすのか……。ただただお慕わしい高照らす我が日の御子よ)

題辞によれば、天武天皇崩御から八年後(持統七年〔693〕)の九月九日(天武天皇命日)に、先帝の冥福を祈る供養が行われた時、持統天皇が夢の中で詠み覚えた歌だという。

平たくいえば、持統女帝が夢うつつで得た歌である。成り立ちからして怪しさ満点で、とても額面通りには受け取れない。本当に持統御製《ぎょせい》なら題辞は「御製歌」と書くに決まっている。

持統天皇のもっとも有名な二八番歌「春過ぎて夏来《きた》るらし白妙《しろたえ》の衣《ころも》干《ほ》したり天《あめ》の香具山《かぐやま》」の題辞は、「天皇御製歌」であり、一六二番歌のそれは「夢裏習賜御歌《ゆめのうらにならいたもうみうた》」である。似てはいるが、決して同じでないところに、詐欺のにおいがプンプンする。

伊藤博はこれについて「作者の明記はないが『御歌』とあるによって、持統天皇の詠と認められる。持統は魂鎮《たましず》めのために斎屋《いつきや》に籠もって夢占いをし、その夢の中でこの歌を得たらしい。『御製』ではなく『御歌』とあるのも、そのゆえであろう」と題辞を信じて御製を支持するが、苦しいといわざるを得ない。そもそも本当に持統御製歌なら、公の供養の場で披露すればよい話で、怪しげな夢を持ち出して権威づけするまでもない。代作と見るのが妥当であろう。しかも作者名こそ明記しないが、素直に読めば持統天皇御製歌になるのは伊藤がいう通りだから、十把一絡《じっぱひとから》げのそこらの歌詠みにできる仕事ではない。宮廷歌人のトップに君臨する人麻呂にして初めて成し得た代作と思われる。

すると現万葉集の一六二番歌は人麻呂代作であり、それが四一六番へ撥《は》ね飛ばした大津皇子自傷歌もまた人麻呂代作である。撥ね飛ばしたのも、撥ね飛ばされたのも人麻呂の代作なら、代作者の胸先三寸で歌の位置を変更できたであろう。それによる詠者間の軋轢《あつれき》は生じないからだ。そう考えると、古撰万葉集編纂における人麻呂の立場は相当に高いというしかない。古今集真名序の人麻呂『五位』説、仮名序の『三位』説がにわかに現実味を帯びてくるのだ。

七

さて有間皇子自傷歌である。

前項で大津皇子自傷歌を人麻呂代作と判定したが、有間皇子自傷歌はどうだろう。

これも代作を疑う声は早くからあった。

後世の一休宗純《いっきゅうそうじゅん》や仙厓義梵《せんがいぎぼん》といった高名な禅僧が、遷化《せんげ》に際して弟子から偈《げ》を求められ、「死にとうない」と繰り返して生に執着した逸話はよく知られている。二人はともに卒寿（九十歳）に迫る高齢で、それでも死を目睫《もくしょう》にして平静ではあり得なかった。まして俗塵から隔離された満十八歳の貴公子が、いかに歌の上とはいえ、死を目前にしてこれほどの諦念に至れるだろうか、という当然の疑問である。しかしこれは人情からくる違和感で、何らかの傍証を伴うものではなかった。

有間皇子自傷歌をあらためて見直すと、人麻呂と大津皇子の自傷歌は一首なのに、有間皇子だけ二首なのに気づく。頭デッカチなのである。しかも仔細に見ると、『結松枝歌二首』と題しながら、松の枝を結ぶのは一首目だけで、二首目には椎《しい》こそあれ松は影も形もない。なぜこうなのか。

有間皇子自傷結松枝歌二首

一四一　磐代乃　濱松之枝乎　引結　真幸有者　亦還見武

一四二　家有者　笥尓盛飯乎　草枕　旅尓之有者　椎之葉尓盛

万葉集に三組ある自傷歌群は「本人自傷歌＋追和歌四首」の定型をもつ。本人自傷歌数まで定めがあるわけではないようだが、それにしても有間皇子自傷歌だけ二首なのは、いかにも不自然である。まずはこれを検討すべきだろう。

何度でも繰り返すが、人麻呂鴨山自傷歌は完全な虚構である。そして鴨山自傷歌と人麻呂が代作した大津皇子自傷歌には、それぞれ代作の標識として『磐』字が使われていて、それは有間皇子自傷歌一首目の一四一でも使われている。すなわち一四一番歌は人麻呂代作の可能性が高い。一四二は何ともいえない。

ここで万葉集における『磐』字の初出を見ると、意外にもかなり早い。巻一雑歌《ぞうかぶ》部にある中皇命《なかつすめらみこと》の一〇番歌である。これは三首からなる歌群の冒頭の一首だ。

中皇命往于紀温泉之時御歌

一〇　君之齒母　吾代毛知哉　磐代乃　岡之草根乎　去来結手名
一一　吾勢子波　借蘆作良須　草無者　小松下乃　草乎苅核
一二　吾欲之　野嶋波見世追　底深伎　阿胡根能浦乃　珠曽不拾
右撿山上憶良大夫類聚歌林曰天皇御製歌云々

中皇命、紀《き》伊の温泉《ゆ》に往《いでま》す時の御歌

〔一〇〕君が代も　我が世も知るや　岩代の　岡の草根を　いざ結びてな
(わが君の御命も私の命をも支配している、岩代の岡の草根、この草根を、さあ結びましょう)

〔一一〕我が背子は　借廬《かりいほ》作らす　草《かや》なくは　小松が下の　草《かや》を刈らさね
(わが君は借廬をお作りになる。佳《よ》いかやがないなら、小松の下のかや、あのかやをお刈りなさいな)

〔一二〕我が欲《ほ》りし　野《の》島《しま》は見せつ　底深き　阿《あ》胡《ご》根《ね》の浦の　玉ぞ拾《ひり》はぬ
(私が見たいと待ち望んでいた野島は見せていただきました。しかし、底ふかい阿胡根の浦の、真珠はまだ拾ってはおりません)

右は、山上憶良大夫《やまのうえのおくら》が類聚歌林《るいじゆうかりん》に撿《ただ》すに、曰《い》はく、「天皇御製歌云々」といふ。

伊藤博は、一〇番歌題辞に登場する中皇命についてこう述べる。

中皇命については諸説があるが、神々と天皇との中《あいだ》にあって祭祀を司る女性の神名的呼称（神としてとらえた場合の呼称）と見られる。中皇命は天皇ときわめて血の近い女性が選ばれるのが常であったらしい。舒明朝において『中皇命』になりうる人は、舒明天皇の娘で、中大兄皇子の妹、大海人皇子の姉にあたる間人皇女をおいては考えにくい。

当時の皇統図を見ると、舒明天皇と皇極《こうぎょく》皇后（後の皇極天皇・重祚《ちょうそ》して斉明天皇）に二男一女があり、これが中大兄皇子《なかのおおえのみこ》（後の天智《てんじ》天皇）、間人皇女《はしひとのひめみこ》、大海人皇子《おおあまのみこ》（後の天武《てんむ》天皇）である。皇極には弟があり、皇極退位後に即位して孝徳《こうとく》天皇となる。だから孝徳は中大兄にとって叔父である。孝徳皇后は中大兄同母妹《いろも》の間人皇女だから、妹である間人の夫という面からみれば、孝徳は義弟になる。実母との三者関係では叔父であり、実妹とのそれでは弟になるという、現代ではあり得ない複雑な関係である。

孝徳天皇と間人皇后の間に子はなかった。しかし元からの妃《ひ》小足媛《おたらしひめ》との間に一男があり、これが有《あり》間皇子《まのみこ》である。叔父としての孝徳の子だから、中大兄にとっては年下の従父兄《いとこ》である。生母の身分は高くなかったが、皇位継承の有資格者であった。孝徳後の即位をにらむ中大兄にはめざわりな存在である。有間が間人の子であれば違ったかもしれないが、そうではなかった。中大兄にすれば生かしておく理由はなかったのである。

そのような間人皇女に擬せられる中皇命の一〇番歌と、有間皇子の一四一番歌を見比べると、「磐代乃」の歌句と「結」の一字が共通することに気づく。

一〇　君之齒母　吾代毛知哉　磐代乃　岡之草根乎　去来結手名

一四一　磐代乃　濱松之枝乎　引結　真幸有者　亦還見武

この二首は、後世の本歌取《ほんかど》りの関係にあるのではないか。

下世話にいえばパクリである。一〇が元歌で、一四一がパクリ歌だ。

本歌取りは、元歌《もとうた》の一部を利用して別の歌をこしらえる知的遊戯めいた技法だが、後代の藤原定家《ふじわらのさだいえ》（1162～1241）は、作歌技法の一種として積極的に肯定し、大略次のように定義している。

「元歌五句のうち、一句または二句、加えて三、四字までなら自作に取り入れてよろしい。しかし主題は元歌と同じであってはならない」

一四一の有間皇子自傷歌は、中皇命の一〇番歌から「磐代の」の一句と、「結」の一字を取り入れている。主題も、一〇は明朗闊達、一四一は重厚沈鬱と対照的で、まさしく定家が定義する本歌取りの関係である。

こう考えると、一四一の有間皇子自傷歌は真作ではなく、何者か、おそらくは人麻呂を名乗る人物が、一〇番歌を元歌として代作した歌である。一四二は一〇番歌と被るのは「草」の一字だけで、定家方式ならパクリ疑惑は限りなく白い。この道端の野仏に摘み草を供えるような素直な一四二番歌こそ、有間皇子真作、もしくは真作として伝わっていた歌ではないか。

皇室系図

※太字は天皇。数字は歴代を示す。

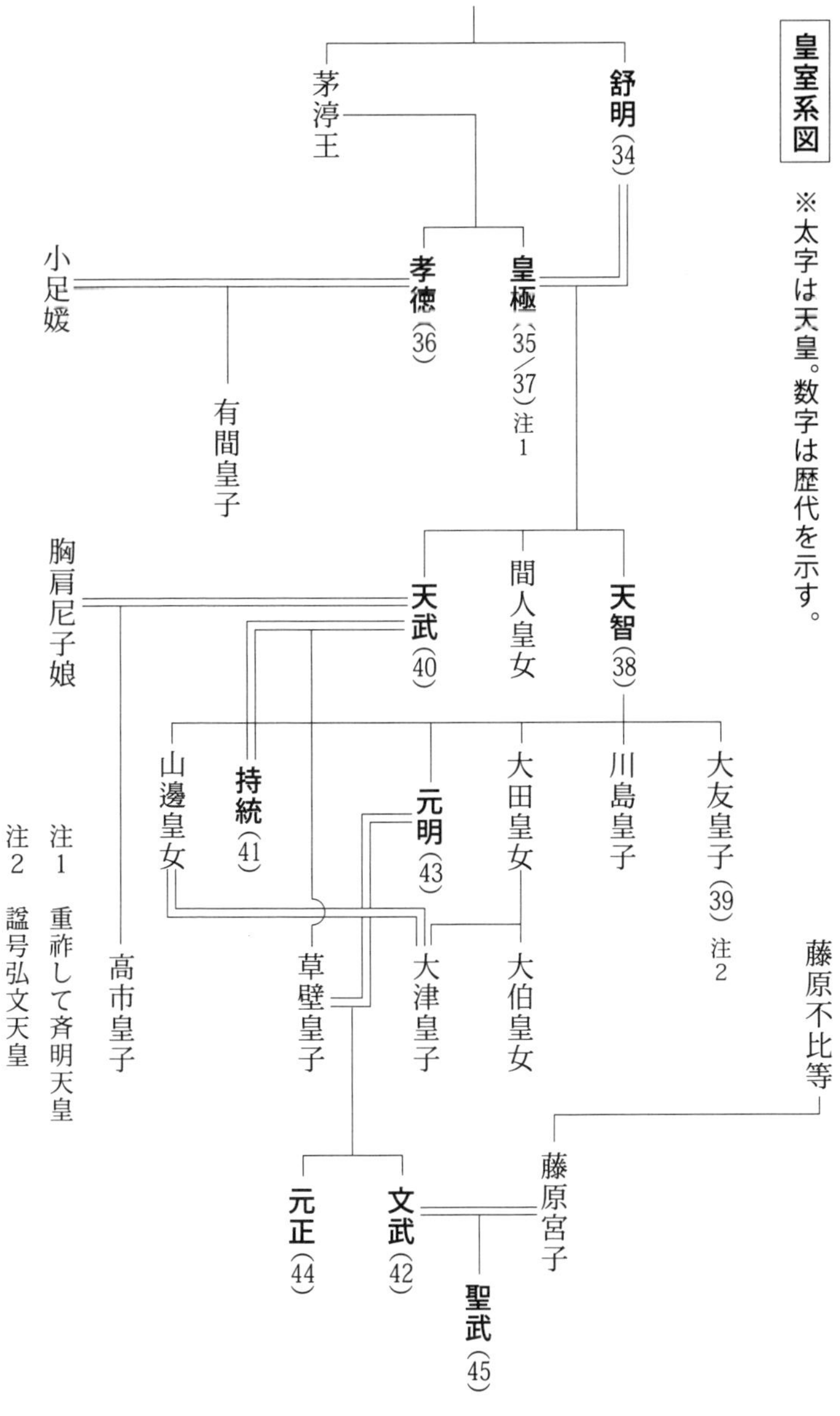

有間皇子は紀伊への死出の旅の一年前、斉明三年（657）秋に同じルートで紀伊《き》の温泉《ゆ》を訪れている。皇位継承をめぐって中大兄皇子に謀殺されるのを怖れ、狂気を装った逃避行であった。一四二番歌はおそらくその旅で詠んだ歌であり、それは明日香へ帰って斉明女帝をはじめとする宮廷サロンで披露されただろうから、宮廷の人々にはなじみがあった。人麻呂は、そのような有間皇子真作に自分の代作を抱き合わせて、有間皇子自傷歌としたのである。外箱は時代がかった本物で、中身はレプリカという骨董詐欺があるが、同じ手口だ。

ちなみに人麻呂は、有間皇子の完全にひと世代後の人物で、両者が相識《し》ることはなかった。若くして刑死した有間は、人麻呂にはすでにセピア色に褪《あ》せた歴史上の人物であり、思い入れなく客観視できる存在だった。人麻呂の有間を見つめるそのような視線が、後世の武士の辞世を思わせる一四一のしずかな諦念を生んだのである。

結局、万葉集の自傷歌三首は、すべて人麻呂作歌であった。

人麻呂こそ、万葉集に三首しかない自傷歌の家元であった。

その標識に使った『磐』字は、一〇番歌の『磐代』の地名によるもので、本物の岩とは無関係であった。ハリボテの岩でさえなかったのである。

第三章　大津皇子『流涕御作歌』は、なぜ巻三にあるのか

一

前章では大津皇子の四一六番歌を「自傷歌」として扱ったが、そこで述べた通り、正確な題辞は「流涕御作歌《なみだをながしてつくらすうた》」である。

人麻呂が戯作の鴨山自傷歌に「自傷作歌《みずからいたみてつくるうた》」の題辞を与えたのは、有間皇子の一四一番歌の題辞を「自傷結松枝歌《みずからいたみてまつがえをむすぶうた》」としたのに揃えたのである。

すでに述べたように、万葉集の三つの自傷歌はすべて人麻呂作だから、三首の題辞を「自傷歌」もしくは「自傷作歌」で揃えるのは容易だったはずだ。しかし大津皇子四一六番歌の題辞は、内容的にも歌群の構成的にも明らかに自傷歌なのに、「流涕御作歌」である。そう書かなければならなかった理由が、大津皇子ではなく、人麻呂その人にあったということだ。大津が謀反の罪で刑死した罪人だから「自ら傷みて」と書けなかったのではない。同じ罪で処刑された有間皇子の歌は「自ら傷みて云々」の題辞をもっている。

あらためて「自傷歌」と「流涕御作歌」の字面《じづら》を見比べると、書き手の感情に明らかな温度差があ

るのに気づく。有間皇子への同情は淡々としているが、大津皇子へのそれは生々しく、激情に近いものを感じさせる。挽歌を捧げる対象への熱量がまるで違うのである。人麻呂はほんとうは「流涕《なみだをながして》」ではなく、「流血涕《ちのなみだをながして》」と書きたかったのではないか。そう思いたくなるほど二人の距離は近い。

古代大和王権にとって、斉明四年（６５８）から持統称制元年（朱鳥元年〔６８６〕）までの三十年弱は、激動の時代であった。この間に、古代最大の内乱とされる壬申《じんしん》の乱があり、天皇位をめぐって三人の有力な皇子が死んだ。皇子という高い身分にもかかわらず『死』と書くのは、いずれも謀反の罪で誅殺《ちゅうさつ》されたからである。

三人の死はどのようなものだったか。

ひとりめは有間皇子《ありまのみこ》（６４０〜６５８）で、日本書紀斉明四年（６５８）十一月十一日条に「丹《たじ》比小澤連國襲《ひのおざわのむらじくにそ》を遣《つか》わして、有間皇子を藤代坂に絞《くび》らしむ。是の日に、鹽屋連鯯魚《しおやのむらじこのしろ》・舎人新田部連米《とねりにいたべのむらじこめ》麻呂《まろ》を藤代坂に斬る」とあり、有間は絞殺であった。

なぜ首謀者の有間の刑罰が「絞」で、従者の鹽屋連鯯魚と舎人新田部連米麻呂がより重く思える「斬」なのか。理由はわからない。謀反の刑罰が「斬」と定まったのは、いわゆる大宝律令（７０１）以後らしいが、それ以前から斬刑も絞首刑も行われていた。行年十八歳。

ふたりめは大友皇子《おおとものみこ》（６４８〜６７２）で、天智天皇第一皇子だが、父帝崩御後、叔父大海人皇子（天武天皇）といわゆる壬申の乱（６７２）で皇位を争い、敗れて山前《やまさき》で自縊《じい》した。日本書紀天武天皇元年（６７２）七月二十三日条に「是に、大友皇子、走《に》げて入らむ所無し。乃ち還りて山前に隠れて、自ら縊《くび》れぬ」とあり、前途を悲観した首吊り自殺であった。その三日後、七月二十六日条には「乙卯《きのとう》、将軍等、不破宮に向《もう》ず。因《よ》りて大友皇子の頭《かしら》を捧げて、營の前に獻《たてまつ》りぬ」とあり、縊死した大友皇子の首級を不破宮へ持ち込んで実検したとわかる。戦国時代でおなじみの首実検は、この当時から行われていた。行年二十四歳。

さいごは大津皇子（662～686）で、日本書紀朱鳥元年（686）十月二日条に「皇子大津、謀反《みかどかたぶ》けむとして發覺《あらわ》れぬ。皇子大津を逮捕《から》めて……（中略）……庚午《かのえうま》に、皇子大津を譯語田《おさだ》の舍《いえ》に賜死《みまからし》む。時に年二十四なり。妃皇女山邊《ひのひめみこやまのべ》、髪を被《くだしみだ》して、徒跣《そあし》にして、奔《はし》り赴《ゆ》きて殉《ともにし》ぬ。見る者皆歔欷《なげ》く」とある。

「賜死」とあるが大宝律令以前なので、「斬」か「絞」か判然としない。しかし有間と大友は、それぞれ「絞《こう》」、「縊《い》」と明示してあるから、故意にボカしたのだろう。大津の死がどのようなものだったか曖昧にしなければならない理由が、大津に死を賜わった鸕野《うの》皇后（後に持統天皇）その人にあったのだと思われる。

この部分は表記も異様である。有間と大友については、有間皇子、大友皇子と書くのに、大津は「皇子大津」と倒置している。妃の山邊皇女も「皇女山邊」だ。理由はわからない。

私見によれば、天武・持統夫妻の唯一の皇子である草壁は、天武に似て繊細で優柔不断な文人肌の方であったように思える。

草壁皇子生母の持統は、大津皇子生母の大田皇女の同母妹であった。持統と大田皇女の年齢差はわからないが、大田は大津が五歳の頃薨じている。大津と草壁は、草壁がひとつ年長である。

父は同じ天武で、母親同士は同母姉妹、自分たちはひとつ違いの従兄弟同士となれば、通常の兄弟も同然の血縁である。むろん持統は姉の子の大津に対して含むところはあっただろうが、そんなことは幼児同士には関係ない。宮殿の大広間で鬼ごっこしたり、相撲《すもう》を取ったり、無邪気に遊び呆けたであろう。男の子同士は、そのような遊びを通じて、お互いの力量差を何となく感じ取るものだ。これは野生動物も同じで、草壁と大津もそうだったはずである。

天武は大津皇子処刑前月の九月九日に後継者を明示することなく崩じた。裏方としてさんざん自分に尽くし、実質的に王権を支えた陰の立役者である持統皇后（この時点では鵜野皇后《うののきさき》）に遠慮していい出せなかったのである。そうせざるを得ないほど、天武の権威は実質がなく、宮廷における持統の勢力は隠然たるものであった。本邦唯一の専制君主に、天武ではなく持統を推す声が高いのは故なきことではない。

皇位継承順位は草壁が一位、大津が二位だが、天武の遺志も群臣の声望も明らかに大津にあった。これに強い危機感を抱いた草壁生母の持統は、天武の崩御を待ちかねたように大津を屠《ほふ》った。有無をいわせぬ電光石火の処刑であった。かつて即位の妨げになる有間皇子を冷酷に排除した父天智天皇の気質を濃密に受け継いだ持統は、父が従父兄《いとこ》の有間皇子に行った所業を、甥の大津に上書きするのをためらわなかったのである。

宮廷周辺の人々は、皇位をめぐるそのような暗部を知悉《ちしつ》している。人の口に戸は立てられない。持統皇后が我が子を即位させるために、同母姉の皇子である大津を処刑したという噂は、草壁の心を蝕んだであろう。幼時には宮廷の大広間で隠れんぼに興じたりもし、実の兄弟のように睦み合った幼なじみを、人もあろうに我が母が殺したのである。しかもそれは力量に劣る自分の即位を願ってのことなのだ。なんともやりきれない話で、生来繊細な神経の持ち主であったらしい草壁は、おそらく心を病み、即位することなく三年後に薨じた。二十八歳であった。

草壁にそれほどの衝撃を与えた大津の刑死について、書紀は「賜死」としか語らないが、私は「斬首」であったと断定する。かつて夫の天武とともに従父兄の大友皇子の首実検をしたであろう持統が、それ以外の処刑を望むとは思えない。大津妃の山邊皇女が「奔り赴きて殉ぬ」とあるのを信じれば、周囲が制止する間もなく頸動脈を掻き切るか、懐剣の刃先を胸に突き立てるかの殉死で、ふたつの死の現場は、幕末の月岡芳年《つきおかよしとし》が描いた血みどろ画さながらの凄惨さであっただろう。

持統がそのような大津の死の有り様をもっとも知られたくなかったのが、他ならぬ草壁であった。この生来蒲柳《ほりゆう》の質であるわが子が、幼なじみの無惨な死の衝撃に耐えるのは難しいのではないか。

その暗い予感は、三年後に的中する。

日本書紀が大津の死を「賜死」と書いて格上げするように思えるのは、おそらくそのためだろう。文字による鎮魂である。日本書紀は口を閉ざすが、神も仏も総動員して大津の鎮魂を行ったはずだ。大津実姉の大伯皇女にも三拝九拝したはずだが、大伯は取り合わなかっただろう。

大伯皇女は万葉随一の閨秀歌人とされるが、巻一相聞部に二首、巻二挽歌部に四首の計六首があるだけで、すべて実弟大津に関する歌である。この弟ひと筋に生きた薄幸の姉は、大津の死後十五年を孤独に生き、大宝元年（７０１）十二月二十七日、四十一歳で薨じた。ほぼ一年後の大宝二年（７０２）十二月二十二日、持統太政天皇が崩御した。五十八歳。この因縁の叔母と姪の間に、どのような時間があったかは伝わっていない。

大津が斬首された確証はないと前項で述べたが、万葉集にはそれを暗示する異形がある。

二

第二章で述べたように、万葉集には三組の自傷歌群がある。有間皇子、大津皇子、柿本人麻呂のもので、それぞれ『本人自傷歌＋追和歌四首』の定型をもつ。

自傷歌三首はすべて人麻呂作歌だが、大津皇子自傷歌群だけ有り様が異様である。大津自傷歌が本来置かれるべき巻二挽歌部には、実姉大伯皇女の追和歌四首（一六三〜一六六）だけが虚《むな》しく並び、肝心の大津自傷歌は巻三挽歌部の二首目にぽつんと置かれている。しかも題辞は『自傷歌』ではなく『流涕御作歌』だ。

なぜこんな奇妙なことになっているかといえば、日本書紀が口を閉ざす大津の死の実相を、歌が体を張って暴《あば》いているからだ。

どういうことか。

いま本人自傷歌（四一六）＝「頭」、追和歌四首（一六三〜一六六）＝「胴体」と考えてみよう。

頭である本人自傷歌を、胴体から切り離したのは、持統天皇詠と伝える「夢裏習賜御歌」（一六二）である。日本書紀が「賜死《みまからし》む」とだけ書き、あとは口をつぐむ大津皇子の死が実は斬首であり、それを命じたのは持統天皇である、という一連の構図がはっきり読み取れる形になっている。大津の死の現場を知る少数の人々は、万葉集のこの部分を読み返すたび血みどろの光景がよみがえって脂汗を流しただろう。

これも前章で述べたことだが、万葉集の骨格の改変ともいうべきこのような歌の差し替えが可能なのは、編纂責任者のような立場の人間だけである。しかも持統天皇が天武崩御から八年後に夢告で得た歌という、何とも怪しげな題辞をもつ一六二番歌が斬首の刃だ。すなわち大津のうなじに刃を振り下したのは持統天皇その人だと暗示しているのだから、持統存命中にできる改変ではない。どう早く見ても持統崩御の大宝三年（703）以後の改訂である。

さらに重要なのは、万葉集のこの改変が、我が子可愛さのあまり帝王の道理を喪《うしな》い、罪なき大津を屠った持統を告発している点だ。

持統崩御前年に完成した、わが国初の成文法である大宝律令（701）は、律（刑法）と令（行政法）から成り、違反者への刑罰を定めている。本邦唯一の専制君主たる持統太政天皇を指弾する万葉集改変の根底にあるのは、たとえ相手が絶対権力者たる帝王であろうと、犯した罪に対しては法令に基づいて罰を科すという法治主義の精神である。

この改変を行ったのが人麻呂を名乗る人物であったとすれば、彼は律令官僚だった可能性が高い。この人は法治主義の核心たる遵法精神に心を震わせた人物であり、大津の無念の死に肩を震わせた莫逆《ばくぎゃく》の友でもあった。であればこそ、大津皇子事件の不条理を万葉集改変で糾弾し、歌たちに持統の罪を弾劾させずにいられなかったのである。

はるか後代の天慶《てんぎょう》三年（940）。東国で新皇を称した平将門《たいらのまさかど》は、本拠地の下総国《しもうさのくに》猿島《さしま》郡《ぐん》で藤原秀郷《ふじわらのひでさと》の討伐軍に敗れ、首は京都へ送られて東の獄門へ掛けられた。
将門の首はさまざまな怪異をなして怖れられたが、やがて妖光を発して東へ飛び去り、現在の東京都千代田区大手町にある将門首塚の地へ葬られたと伝える。将門の首は来世の再起を期して東国へ飛び還ったが、大津皇子の首は万葉集巻二から巻三挽歌部へ飛び、遠い昔の女帝の罪をいまも低音で告発し続けている。

三

大津皇子流涕御作歌（四一六）は人麻呂の代作であり、その奇妙な有り様によって持統女帝の罪を告発する役目を担っているのは前項で述べた通りである。しかしこれは現万葉集にある大津皇子自傷歌群の特異な有り様からいえることで、自傷歌そのものについては、まだ何も検討していない。改めて考えてみたい。

大津皇子被死之時磐余池陂流涕御作歌一首
四一六　百傳　磐余池尓　鳴鴨乎　今日耳見哉　雲隠去牟
大津皇子、死を被《たまわ》りし時に、磐余の池の堤にして涙を流して作らす歌一首
〔四一六〕百傳《ももづた》ふ　磐余《いわれ》の池に　鳴く鴨を　今日のみ見てや　雲隠りなむ

(百《ひゃく》に伝い行く五十《い》、その『イ』音をもつ磐余の池に鳴く鴨を、今日を見納めにして、私は雲のかなたへ去ってゆくのか)

万葉集にある三首の自傷歌はすべて人麻呂代作だが、表向きの作歌順は有間皇子の結び松自傷歌が最初で、次がこの大津皇子流涕御作歌である。

人麻呂は結び松白傷歌で詠み込んだ地名『磐代』の『磐』字を、他の二首にも入れ込んで代作の標識にすると決めた。一首が故人の真作でないと、わかる人にはわかるようにする配慮だが、自己満足としかいいようのない作業で、別にこんなことしなくたっていいんだけどなあ、と肩をすくめたかもしれない。

実作業としては、大津皇子流涕御作歌に無理なく収まる『磐』字を含む歌句を探すわけだが、大津が処刑された譯語田の舎からそれほど遠くないところにあつらえ向きに磐余の池があったらしいから、これを詠み込めばよい。それで「磐余の池に鳴く鴨」の歌句が得られ、結句はあからさまに代作を示す「雲隠りなむ」で決まりだから、もう完成したようなものである。あくまでも大津皇子宅付近に磐余の池があったならば、の話だが(実際にそうであった確証はない)。

私は大和盆地に土地勘はない。これまで歩き回ったのは正味七日間くらいだから、三輪山、箸墓、石舞台古墳、法隆寺、大和三山、二上山といった有名どころを風のように通り過ぎただけである。だから磐余の池について知るのは名前だけで、人皇初代神武天皇ゆかりの池だとばかり思っていた。日本書紀がこの天皇の和風諡号《しごう》を『神日本磐余彦天皇《かんやまといわれひこのすめらみこと》』とするからだが、少し調べると、そうではないらしいとわかった。

これまでの明日香の発掘で、磐余の池かと報じられた遺構は何度か見つかっているが、それでもいまだに確かな遺地はわからないという。そもそも磐余という歴史的名称をもつ土地自体が、現在奈良盆地のどこにもないというのだから、いったいどうなってるんだと思わざるを得ない。

日本地名大百科（小学館・１９９６年12月初版）にはこうある。

磐余　いわれ　［奈良県橿原市・桜井市］県北部、橿原市東部の東池尻から桜井市西部の池之内にかけての古地名。天香具山北東山麓をさす。語源は要害地、石根《いわね》など諸説ある。『日本書紀』に磐余邑、磐余池などの名がみえ、履中天皇の磐余稚桜宮や清寧天皇、継体天皇の皇居があったといい、政治的要地であった。『万葉集』にも大津皇子の「百伝ふ磐余の池に鳴く鴨を今日のみ見てや雲隠りなむ」（巻3）の歌がみえ、池尻や池之内は磐余池にちなむ。

私は「百傳ふ」は「磐余」に掛かる枕詞だとばかり思っていた。

日本書紀は神武天皇が筑紫から大和へ東征したと伝える。長く困難な戦いの日々だったはずだから、伝えるべき逸話の五十や百はあるはずで、それにちなむ枕詞だろうと思っていたのだが、違った。

澤瀉久孝《おもだかひさたか》の「萬葉集注釋」にこうある。


燭明抄に「是は五十と書きては『い』とよむなり。五十六十七十八十九十といひて百に傳るのこゝろなり」と云っているように（中略）、五十と磐余のイとを掛ける枕詞と思はれる。

燭明抄《しょくみょうしょう》は江戸期に成った枕詞辞典である。だからこれは作歌からおよそ千年後の解釈であり、門外漢としてはそれでいいのかと首を傾げたくなるが、他に有力な説はないようで、伊藤博もこれに従っている。

しかし、私はなお思うのだが、四一六番歌は人麻呂代作とはいえ、表向きは大津皇子が磐余の池の堤で涙を流して詠んだ自傷歌である。処刑は間近に迫っている。そんな早指し将棋みたいに持ち時間の少ない中で詠まなければならなかった歌に、「百伝ふ」などという、別途説明なしには理解できない新奇な枕詞を使うだろうか。二句で「磐余の池」を使うなら、初句の枕詞は「磐」に掛かる定番の「つのさわふ」にするのが普通ではないか。やむを得ない早詠み挽歌であればあるほど、時間節約のためにそうするのではないか。

しかし四一六番歌はそうしていない。何だこれは、と誰もが首をかしげる「百伝ふ」を枕詞にしている。「百伝ふ」が「磐余」の「イ」に掛かる枕詞とされるのは、後にも先にもこれだけである。つまりこの歌は、読む者を「何だ、これは」と立ち止まらせるために、あえて異様な「百伝ふ」を使っているのだ。ここで足を止めれば、その人は必ず巻二の挽歌部へ引き返す。そして大津実姉の大伯皇女の挽歌四首だけが虚しく並ぶ現状に違和感を覚え、その理由について思いを巡らすだろう。この一首に、あえて理解に苦しむ「百伝ふ」の枕詞を使った人麻呂の意図は、そこにある。

ひどく迂遠な、まだるこしい仕掛けだが、それくらい入念に配慮しないと、歌による持統女帝告発の弊がわが身に及ぶ危険がある。自傷歌を残した有間皇子も大津皇子も、身内と信じたメンバーについ口を滑らせた愚痴を謀反話に拡大されて刑死に追い込まれた。壁に耳ありである。敵はどこにいるか知れない。たとえ針先ほどの瑕疵《かし》であろうと、目をつけられたら最後なのだ。二人の皇子の轍《てつ》を踏んではならない。

このような複雑な配慮と操作の結果として、「百傳ふ磐余の池に鳴く鴨」の流涕御作歌は万葉集巻三にある。あの辛口の契沖が「聲《こえ》ヲ呑ミテ涙ヲ掩《ぬぐ》フニ遑《いとま》ナシ」と大泣きするほどの名歌として。

第四章　鴨山自傷歌の『鴨』はどこから来たのか

一

さて、人麻呂の鴨山自傷歌である。

万葉集にある有間皇子結び松自傷歌、大津皇子流涕御作歌は、どちらも人麻呂が故人の意に擬《なずら》えて詠んだ代作歌であり、その拠るところはすでに述べた。

では、本人の鴨山自傷歌は何を根拠に詠まれたのだろうか。

「柿本朝臣人麻呂、石見国に在りて死に臨む時に、自ら傷みて作る歌」の題辞が『硯』生まれの戯作なのは繰り返し述べたが、自傷歌そのものはどことなく軽味を感じさせて、大津皇子流涕御作歌のような迫真の出来ではない。これでは契沖先生が「聲ヲ呑ミテ涙ヲ掩フニ遑ナシ」と大泣きすることはできないだろう。

鴨山自傷歌は、巻二挽歌部の本来の配列によれば、大津皇子流涕御作歌の後で詠まれた歌である。二首を見比べる。

四一六　百傳　磐余池尓　鳴鴨乎　今日耳見哉　雲隠去牟
二二三　鴨山之　磐根之巻有　吾乎鴨　不知等妹之　待乍将有

やはりこれも本歌取りの関係だとわかる。

二二三の『磐根』が四一六の『磐余』と同じなのは「磐余の語源は『要害地、石根《いわね》』など諸説ある」と日本地名大百科にある通りだ。さらに『鴨』の一字が共通する。鴨山自傷歌は四一六大津皇子流涕御作歌から『磐余』と『鴨』の字句をパクった本歌取りの歌なのである。とはいえ自分の自傷歌だから手抜きしたわけではない。有間皇子結び松自傷歌は「磐代の海辺」、大津皇子流涕御作歌は「磐余の池畔」、鴨山自傷歌は「鴨山の磐根」と、歌の舞台をそれぞれにふさわしく設定している。

「磐代」も「磐余」も万葉時代の宮廷人には耳慣れた実在の地名である。だから「鴨山」も実在するにちがいない。遠い石見国にあるそうだ。彼らはそう受け止めただろう。とすれば人麻呂は宮廷人の耳に異国風に響く山名として「鴨山」を選択したのかもしれない。

大和は「山処《やまと》」だから山はめずらしくもない。だから異国を匂わせたとすれば、それは「鴨」のはずである。しかし水鳥の鴨はごくありふれた存在で、晩秋に飛来して早春に飛び去る習性を考慮しても、およそ異国を感じさせるようには思えない。すると異国を匂わせたのは、鳥ではなく地名としての「鴨」であろう。それは仏教者が「天竺」に心をふるわせたように、人麻呂の心を揺さぶる地名だったのではないか。もしそうなら、人麻呂にとって「カモ」は深いゆかりのある土地で、魂が還るべき故郷と認識されていた可能性がある。そのように考えて初めて、人麻呂が「鴨山」へ還りついて死に臨む理由が納得できるのである。

二

地名の「カモ」でまず思い浮かぶのは、五月の葵《あおい》祭で有名な京都の「賀茂神社（山城国風土記逸文では『可茂社』）」である。現在の地名でいえば上賀茂・下賀茂だが、これは古代の賀茂族に由来するという。別綴は「鴨」。夏の納涼床で有名な鴨川は、高野川との合流地点から上流が賀茂川で、下流が鴨川。上下あわせた総称も鴨川だが、水鳥の鴨とは関係ない。京都以外では伊豆半島にも賀茂郡がある。賀茂神に由来するかというが詳細はわからない。

さらに別綴に、「賀」を簡略化したらしい「加茂」がある。これが最もポピュラーな表記かもしれない。試みにカシミール３Ｄで「加茂」を地名検索したら、四十八件ヒットした。同一県内に最多の四件の「加茂」があるのが、茨城・千葉・高知・島根の各県。万葉時代は常陸《ひたち》・下総《しもうさ》・土佐《とさ》・出雲だが、明日香の宮廷人には、いずれも生涯足を踏み入れることのない異国であったろう。そのうちのどれかが人麻呂の故地の可能性があるにせよ、何らかの傍証を得てさらに絞り込む必要がある。

「鴨」字を含む地名も考慮すべきだろう。シャチのショーで有名な千葉県鴨川市は、やはり賀茂氏にちなむ名称だという。ネット百科事典のウィキペディアによれば、京都の上賀茂神社・下賀茂神社から分祀された「賀茂神社」・「加茂神社」・「鴨神社」を称する神社は全国に約三百社あるという。中世以降に活発化する御師《おし》など各社神人《じにん》の回遊を考えれば、これら「カモ」地の大半は後代の賀茂社分祀によるものかもしれない。

しかし人麻呂の故地の「カモ」は、当然ながら人麻呂の活躍年代より古くからある土地である。人麻呂の作歌年代が明らかなもっとも古い歌は、草壁皇子（日並皇子尊《ひなみしみこのみこと》）に献じた挽歌（６８９）だから、人麻呂の故地は少なくとも六百年代初頭あたりまで遡る「カモ」のはずである。つまり諸国風土記が記載する「カモ」地が有力候補だが、京都の賀茂は「可茂社」として山城国風土記逸文に現れるから、これに該当する。しかし大和の万葉人が、山ひとつ越えた山城国（現在の京都府南部地域）を「異国」と感じたかは、何ともいえない。そう思うには近すぎる気もする。

そういう不審を感じるのは、山城国風土記逸文の「可茂社」の記事が、今井似閑の採択だからだ。いま活字で読める山城国風土記逸文の大半は、この江戸中期の京都の豪商で国学者でもあった人物の採択だが、原本が散逸しているから、それらが本当に古風土記の記事かは何ともいえない。

石見国風土記の唯一の逸文とされる「人丸」の記事は、採択者の今井似閑がどこかのゾッキ本から無理やり拾い出したのかもしれないと第一章で述べたが、京都人のこの人は地元の山城国風土記逸文には他国のそれとは別格の愛着があったはずで、その郷土愛が逸文の鑑識眼を甘くした可能性はある。とはいえ賀茂氏は記紀に登場する古氏族だから、それにちなむ京都の賀茂を、人麻呂の魂の故郷の候補地に加えるのは妥当であろう。

三

私が「鴨」字を含む古風土記の地名で、人麻呂故地の本命とみるのは「鴨野」である。常陸国風土記行方郡《なめかたぐん》の記事にある。

常陸国風土記は倭武天皇《やまとたけるすめらみこと》巡行伝承が異様に多いが、すべて地名起源説話で、「鴨野」の由来は次の通り。

自無梶河　達于部陲　有鴨飛度　天皇御射　鴨迅應弦而墮　其地謂之鴨野

（倭武天皇《やまとたけるすめらみこと》が）無梶河《かじなしがわ》より部陲《くにのさかい》に達《いた》りまししに、鴨の飛び度《わた》るあり。天皇、射たまひしに、鴨迅《と》く弦《ゆみづる》に應《こた》へて堕《お》ちき。其の地を鴨野と謂《い》ふ。

（〔ヤマトタケル天皇が〕梶無川から国の境へやって来たとき、鴨が目の前で飛び立った。天皇がすかさず射ると、鴨は結弦の音が鳴りやまぬうちに落ちた。その土地を鴨野という）

常陸国風土記は編纂時の姿をよく留めるとされる。これはヤマトタケルが鴨を射落とした土地だから「鴨野」だという素朴な伝承で、いかにも古風土記らしいが、私がここを人麻呂と結びつく「カモ」地の本命と見るのは、①明らかに人麻呂以前に遡る古い土地であり、②明日香の宮廷人には僻遠の異国の地である、という二大前提を完全に満たすからに他ならない。

しかし常陸国の鴨野が故地だったとしても、大和の都会人人麻呂がそのような片田舎に魂が還るべき場所という強い感情をもてたかの疑問は残る。これについては遥か後代の幕末動乱期に京都で名をはせた人物に代弁してもらうしかない。

芹沢鴨《せりざわかも》。新撰組《しんせんぐみ》初代筆頭局長である。

芹沢鴨の出生地は諸説あり確定しないというが、新撰組生え抜き隊士の生き残りである永倉新八《ながくらしんぱち》翁が、大正二年（１９１３）に往時を語っている。

芹沢の死から半世紀後の回顧談だが、芹沢については「常州水戸の郷士で真壁郡芹沢村の産」、「芹沢村浪人」と述べている。（新撰組顛末記）

その昔ヤマトタケルが鴨を射落とした常陸国行方郡鴨野は、幕末には常州真壁郡芹沢村鴨野であり、「常州水戸の郷士で真壁郡芹沢村の産」という芹沢鴨出生地についての永倉証言とほぼ一致する。何より芹沢鴨という名前からして当地出身説が最有力なのは間違いない。

司馬遼太郎氏は、芹沢鴨について「彼は近藤勇一派の隊内クーデターで斃され活動期がみじかすぎたため、どういう人物なのかよくわからない。ただ、鴨という妙な名は同時代にもそれ以前にも類似のものがないところからみるとかれの純粋独創で、その発想たるやきわめて大胆で、前衛的ですらある」（日本人の名前『余話として』文春文庫）と述べているが、これはそのような大層な名前ではなく、出生地に固執した男がひねり出した芸名とみるのが妥当だろう。神武天皇に敗れた長髄彦《ながすねひこ》が脚の長い人外人ではなくたんに長髄村の首長だったように、芹沢村鴨野で生まれ育った男が、古式に倣《なら》って芹沢鴨を名乗っただけである。意外な教養人であったらしい芹沢は、たぶん幼時に土地の古老からヤマトタケルの地名伝承を聞かされていたのだろう。

この例からうかがえるのは、日本人がいまでは信じられないほど土地と深く結びついていた時代がつい最近まであったことである。芹沢鴨は家督を継ぐべき長男ではなかったから、出生地の鴨野を離れて上洛するのをためらわなかったが、それでも芹沢鴨を名乗ることで魂は故郷と結ばれていた。

そのような故地との強固な結びつきは、人麻呂以前の時代へ容易にさかのぼる。万葉集に「出雲娘子」「常陸娘子」「筑紫娘子」など、土地と一体化した女性名が見えるのはその証左である。人麻呂は漢籍に通じていたらしいから、文選《もんぜん》の古詩にある「越鳥南枝《えつちようなんし》に巣食い、胡馬北風《こばほくふう》に嘶《いなな》く」の対句を識《し》っていただろう。たとえどれほど離れていようと故郷を想わないものはないという望郷の詩句だが、これを「越鳥南枝に巣食い、人丸鴨山に磐根す」と変えても意図するところは変わらない。「鴨山」はそれほど人麻呂の魂の深奥に根づいているように思える。

四

常陸国風土記の行方郡鴨野は、現在の茨城県行方市《なめかたし》加茂で、東浦(霞ケ浦の東側の一部)湖畔にほど近い高台である。平成の大合併で麻生町、北浦町と併せて行方市になったが、それ以前は玉造町で、この町名は古代に勾玉を作った玉造部の人々が住んでいたことによるというから、古い土地である。

ここから梶無川沿いに下り、湖畔の国道三五五号線を五、六キロ北上した行方市沖洲《おきす》には、五世紀中葉の築造とされる大日塚《だいにちづか》古墳がある。本邦唯一の猿型埴輪(国宝・東京国立博物館蔵)が出土した重要な古墳である。さらに北上した東浦北端の石岡市(風土記時代の国庁所在地)高浜には、県下最大規模の舟塚山古墳《ふなづかやま》（前方後円墳・主軸長186㍍）があり、この東浦湖畔一帯はさながら古墳銀座の趣がある。古墳は盛り上げた墳丘の見た目から高塚とも呼ばれ、周囲に遮蔽物が少なかった古代には、いやでも人目を引いたはずで、これについての逸話を土地の古老が語らなかったはずはないと思うのだが、奇妙なことに、常陸国風土記はひとことも語らない。

この一帯がきわめて古い土地柄なのは古墳の存在からも明らかだが、注目すべきは舟塚山古墳から恋瀬川伝いにさらに北上すると、筑波山へ行き着くことである。

常陸国風土記は、この霊峰を盟主とする筑波郡の名称由来を、「かつてここは紀の国といったが、崇神《すじん》天皇のとき国造になった筑箪命《つくはのみこと》が『この国に自分の名をつけて後世に伝えよう』といって筑箪国に変え、さらに改めて筑波国になった」というのだが、信じられる話ではない。

筑波の語源は諸説あり確定しないが、私見によればもっとも信憑性がありそうなのは、霞ケ浦の波が寄り着く意の「着波」が「筑波」に改まったとする説である。縄文海進たけなわの六千年前頃は、海面は現在より平均で十メートル以上高かったらしいから、鹿島灘とつながった霞ケ浦の波が筑波山麓を洗っていたのは確実である。

国土地理院のデジタル標準地図を見ると、霞ケ浦は巨大なザリガニが左右のはさみを振り立てて筑波山に対峙するようなかたちをしているが、その右のはさみの先端あたりが舟塚山古墳がある石岡市高浜である。

ここで画面表示を「赤色立体地図」に切り替える。これは土地の高低表示に特化した地図だから、ビルや森や湖水といったあらゆるノイズを取り払った地形本来の姿を見せてくれる。

すると東浦を示す幅広の窪地が高浜からさらに北上して、筑波山麓へ達しているのがわかる。ということは、その昔ヤマトタケルが射落とさなかった鴨は、鴨野の葦原から梶無川を下って東浦へ入り、鹿島灘から打ち寄せる上げ潮にプカプカ揺られて、飛ばずとも筑波山へ行き着けたことになる。これを踏まえて筑波山の語源を再考すれば、それは霞ケ浦の波が寄り着く山の「着波山」であり、鴨が波に揺られて寄り着く「着羽山」であるといえる。この「霊峰に鴨」の組合せが、人麻呂に鴨山自傷歌舞台設定のインスピレーションを与えた可能性があるのではないか。

鴨が寄り着く山の「着羽山」は私案だが、根も葉もないことではない。

万葉集巻三雑歌部に丹比真人國人《たじひのまひとくにひと》の次の歌がある。

登筑波岳丹比真人國人作歌一首併短歌

三八二　鶏之鳴　東國尓　高山者　左波尓雖有　朋神之　貴山乃　儕立乃　見杲神代石山
跡従　人之言嗣　國見為　築羽乃山矣　冬木成　時敷時跡　不見而往者　益而
戀石見　雪消為　山道尚矣　名積叙吾来煎

反歌

三八三　築羽根矣　外耳見乍　有金手　雪消之道矣　名積来有鴨

筑波の岳に登りて、丹比真人国人が作る歌一首併せて短歌

〔三八二〕鶏《とり》が鳴く　東《あずま》の国に　高山は　さわにあれども　二神《ふたがみ》の　貴き山の　並み立ちの　見が欲し山と　神代《かみよ》より　人の言ひ嗣ぎ　国見する　筑波の山を　冬こもり　時じき時と　見ずて行かば　増して恋しみ　雪消《ゆきげ》する　山道すらを　名づみぞ我《あ》が来《け》る

（ここ東の国に高い山は数多いが、とりわけ、男神と女神のいます貴い山で、二つの嶺の並び立つさまが心をひきつける山と、神代の昔から人々が言い伝え、春ごとに国見が行われてきた筑波の山よ。その山を今はまだ冬でその時期ではないからと国見をせずに行ってしまったら、これまで以上に恋しさばかりがつのるだろうから、雪解けのぬかるむ山道なのに、難儀しながら私はやってきたのだ）

反歌

〔三八三〕筑波嶺《つくはね》を　外《よそ》のみ見つつ　ありかねて　雪消の道を　なづみ来《け》るかも

（名高い筑波山を遠目に見るだけでは満足できなくて、私は雪解けの山道を喘ぎながら登ってきたのだ）

この二首の筑波山は『築羽乃山』、『築羽根』と表記する。『羽』は明らかに鳥だが、種類はわからない。しかし私はこれを鴨であると断じる。

三八三番歌は「築羽根矣」ではじまり「名積来有鴨」で結ぶ。歌いだしの「羽」は「鴨」であると結句で種明かししているのだ。築羽根は着羽嶺であり着鴨嶺《つくはね》なのである。

筑波山は連なる男女二峰に、それぞれ雄《お》の神と雌《め》の神がおられ、男女相和す霊山とされる。カモの仲間のオシドリは、つがいになった雄と雌が生涯連れ添う情愛深い鳥とされる（現在の研究ではこれは正しくなく、雄も雌も年ごとに相手を替えているという）が、カモもまた晩秋に日本へ渡って来てつがいとなり、早春に仲良く連れだって北へ帰るから、やはり情愛深い鳥とされたはずである。オシドリは現代においてもガンカモ目の水鳥に分類されるから、万事大らかだった風土記時代には、鴨と区別されることはなかっただろう。万葉集には鴨を詠んだ歌が少なくないが、その中にオシドリの歌が紛れ込んでいる可能性は大いにある。

だから男女二神が琴瑟相和《きんしつあいわ》す筑波山を鳥に見立てれば、つがいの鴨がもっともふさわしい。人麻呂は夫婦の切ない情愛を歌い上げる仮想の「鴨山」の背後に、「霊峰筑波」を視《み》ていたのである。

明治の小泉八雲《こいずみやくも》に「おしどり」という掌篇がある。

……ある猟師が家近くの沼でつがいのおしどりを見かけ、雄鳥を射て食った。その夜の夢にきれいな女が現れ、おまえは何故あの人を殺したのだとなじり、明日沼へ来い、おまえが何をしたかわかるから、とすすり泣いて消えた。

夢を気にした猟師が翌朝沼へ行くと、昨日のつがいの雌鳥がいて、猟師のほうへまっすぐ游《およ》いできた。そして目の前でくちばしで胸を突き破り死んだ。

猟師は剃髪して僧になった。（「怪談」）

大津皇子刑死の千二百余年後に書かれた物語だが、その昔の大津皇子と妃の山邊皇女の死を彷彿させる内容である。

あらためて大津皇子「流涕御作歌」を読み返すと、「磐余の池に鳴く鴨」はただの水鳥ではなく、妻の山邊皇女の化身であると気づく。代作者の人麻呂は、山邊皇女の殉死を知ったうえで、死んでも離れない夫婦の絆をこの歌句に込めたのである。非業の死を遂げた莫逆の友へのせめてもの手向けであった。

大津夫妻の死は持統女帝の緘口令《かんこうれい》で、宮廷外へ漏れることはなかっただろう。人麻呂が伊藤博がいうように宮廷に出入りを許された歌俳優だったとしても、所詮は身分違いの部外者に宮中秘の大津夫妻の悲劇を知らせるはずもない。人麻呂が「磐余の池に鳴く鴨」の歌句を詠み得たのは、彼が宮廷のタブーをも知り得る高級官人であり、その一族の故地が、大和から遠く離れた常陸国の、鴨が寄り着く霊峰筑波（＝鴨山）を望むあたりだったからと考えられるのである。

五

本章のはじめで、鴨山自傷歌はどことなく軽味を感じさせると私見を述べたが、なぜそう感じるのかについて改めて考えてこの章を結びたい。

私が鴨山自傷歌を知ったのは、梅原猛氏の『水底の歌』を読んだときだが、そのとき「はて？」と思った。この初対面の自傷歌に既視感のようなものを覚えたのである。

当時の私が知っていた万葉歌はせいぜい百首ほどだったから、疑問の源を探すのは難しくなかった。それは巻十四東歌《あずまうた》の「筑波嶺に雪かも零《ふ》らる……」の三三五一番歌である。

三三五一　筑波祢尓　由岐可毛布良留　伊奈乎可母　加奈思吉兒呂我　尓努保佐流可母

〔三三五一〕筑波嶺に　雪かも零《ふ》らる　否をかも　かなしき子ろが　布乾《にのほ》さるかも

（筑波嶺に雪がふってるのかなァ。そうではないのかなァ。いとしいあの子が布を乾しているのかなァ）

全音仮名書きに近いとつとつと読みづらい表記だが、一音に一字を当てるこのような表記こそが、大和言葉を漢字に移し替えた当初の古態をとどめているように思える。辛亥年《かのといのとし》（471〔531とも〕）に作刀したと刻むさきたま古墳群出土の稲荷山鉄剣銘文もほぼ一音一字表記だから、東歌は用いる漢字こそ画数の少ない簡単な文字だが、表記法としては万葉集よりも古いように思えるのだ。

和歌のはじめは、須佐之男命《すさのおのみこと》が自らの婚礼を寿《ことほ》いで詠んだ古事記の『八雲立つ出雲八重垣……』の歌とされるが、その表記も完全な一音一字である。

夜久毛多都　伊豆毛夜弊賀岐　都麻碁微爾　夜弊賀岐都久流　曾能夜弊賀岐袁

八雲立つ　出雲八重垣　妻籠《つまご》みに　八重垣作る　その八重垣を

（雲が湧き出る国という出雲の、幾重もの垣のように湧き上がる雲が、愛しい妻を籠もらせようと、宮の周りに八重垣を作っているよ、見事な雲の八重垣を）

三三五一番歌と比べると、ことさら画数の多い視覚的に重厚な文字を使っているが、歌としてはごく単純で、舌足らずでさえある。おそらく元歌は民謡であろう。

民謡は集団の場で歌い踊られたもので、男女の掛け合いで進行することが多かったらしい。

三三五一の筑波嶺の歌なら、

男　筑波嶺にィ～

女　雪かもふらるゥ～

男　否をかもォ～

女　かなしき子ろがァ～

男　布乾さるかもォ～

女　筑波嶺にィ～

男　雪かもふらるゥ～

女　否をかもォ～

男　かなしき子ろがァ〜
女　布乾さるかもォ〜

と男女が入れ替わり立ち替わり延々と謡い続け踊り続けたのではないか。そうしてひたすら繰り返し謡い踊り続けるうちに、言葉は本来の意味を喪って音そのものに還元され熱を帯びてゆく。常陸国風土記が伝える筑波山の嬥歌会《かがいえ》は、そのような集団発熱の場であっただろう。

筑波嶺に雪かも零らるの東歌が集団歌であるのに対して、鴨山自傷歌は人麻呂個人の個の歌である。歌のありようとしては対照的なはずだが、それでもなんとはなし似ているように思えるのはどうしたわけか。

二首を見比べる。

三三五一　筑波祢尓　由岐可毛布良留　伊奈乎可母　加奈思吉兒呂我　尓努保佐流可母
二二二三　鴨山之　磐根之巻有　吾乎鴨　不知等妹之　待乍将有
〔三三五一〕筑波嶺に　雪かも零らる　否をかも　かなしき子ろが　布乾さるかも
〔二二二三〕鴨山の　岩根し巻ける　我をかも　知らにと妹が　待ちつつあるらむ

初句で山名を出すのはともに同じ。三句目を「かも」と疑問で区切るのも同じ。四句目にまぼろしの女性をもち出して、結句で彼女の行動を想像するのも同じ。こう分解して眺めると、歌を構成する起承転結の各要素が驚くほど似ているとわかる。鴨山自傷歌にはひょっとすると元歌があり、それは常陸国の民謡か、どこかの国の伝承歌だったのではないかと疑うゆえんである。

巻十四『東歌』に収められた常陸国の雑歌は二首で、さすがというか、どちらも筑波山を詠んだものだ。

もう一首の三三五〇番歌は次の通り。

三三五〇　筑波祢乃　尓比具波麻欲能　伎奴波安礼杼　伎美我美家思志　安夜尓伎保思母

〔三三五〇〕筑波嶺《つくはね》の　新桑繭《にいぐわまよ》の　衣《きぬ》はあれど　君が御衣《みけし》し　あやに着欲しも

（筑波山麓の新桑育ちの繭で織った着物は、まあ最高級品だよね。でもオレが本当に着たいのは、おまえが着てるその着物なのさ）

これも起承転結がはっきりした歌で、やはり嬥歌会で謡われた民謡であろう。日頃はきつい肉体労働に明け暮れ、春秋の安息日である筑波山の嬥歌会を心待ちにした民衆の着物は、ごわごわした麻衣である。間違っても新桑繭の柔らかな絹織物ではない。だからこの歌をいま風に超訳すれば「ぼくの愛車はフェラーリだよ。でもきみの軽に並んで乗りたいな♡」とでもなるだろうか。つまり思いきり背伸びした大ぼらだが、相手がプッと噴いたら大成功でカップル成立とばかりに嬥歌会は大いに盛りあがっただろう。

従来は悲劇とのみ見られてきた人麻呂の鴨山自傷歌に、そのような筑波山麓で陽気に謡われた民謡の影を認めるのは、あるいはとんでもない誤解かもしれない。しかし本章で述べたように「鴨山」の背後に「霊峰筑波」がチラチラし、人麻呂の故地が鴨山＝筑波山を望む土地だった可能性があるのを思えば、常陸の民謡である筑波山嬥歌会の歌が、何らかのかたちで人麻呂に影響を与えたのはあり得ることだ。大和の都会人人麻呂のＤＮＡには、遠く離れた常陸国が拭いようもなく刻印されていたように思えるのである。

第五章　鴨山自傷歌の『磐』は何を意味するか

一

柿本朝臣人麻呂在石見國臨死時自傷作歌一首

二二三　鴨山之　磐根之巻有　吾乎鴨　不知等妹之　待乍将有

柿本朝臣人麻呂、石見の国に在りて死に臨む時に、自ら傷みて作る歌一首

〔二二三〕鴨山の　磐根しまける　我をかも　知らにと妹が　待ちつつあるらむ

（鴨山の岩を枕に死にかけている私なのだ。愛しい妻はそうとは知らずに、今か今かと待ちわびてるんだろうなぁ）

万葉の歌聖柿本人麻呂の生涯について、確かなことはほとんど何もわからない。ただ「石見国鴨山」で客死したことだけは確実であると、長いあいだ信じられてきた。

しかし前章までで述べた通り、この自傷歌の題辞にある『石見国』は『硯』字を左右に分割してこ

しらえた虚構の国であり、自傷歌の初句にある『鴨山』は人麻呂の故地と思われる常陸国の霊峰筑波山をベースに構想された仮想の山である。

斎藤茂吉は、人麻呂終焉地と伝える鴨山探索に執念を燃やしたが、徒労に終わった。仮想の国も山も、現実世界で見出せるはずがないのは当然である。

現代の人気オンラインゲームの主戦場である○▽王国は、電源オンしたモニタの向こう側にだけある異世界で、自分が日常生活を送るこちら側には存在しない。ゲーマーはそう承知している。しかしそういう仮想現実の認識がなかったつい最近までは、鴨山自傷歌の舞台である石見国も鴨山も、人麻呂が死出の枕にした岩さえも、すべて現実世界のものだと信じられてきた。

この「磐」に実体がないのは第二章で述べた。それは中皇命の一〇番歌の舞台である「磐代」の地名を複写したものだからだが、「磐」について述べるべきことはなお多い。ここまでは主に自傷歌を取り扱ったために、「雑歌」や「相聞」に収められた歌には触れなかったが、「磐」についてはそれではすみそうもない。

万葉集巻二『相聞』部巻頭に、仁徳天皇皇后の磐姫《いわのひめ》詠と伝える次の四首がある。

相聞

難波高津宮御宇天皇代

磐姫皇后思天皇御作歌四首

八五　君之行　氣長成奴　山多都祢　迎加将行　待尓可将待
右一首歌山上憶良臣類聚歌林載焉
八六　如此許　戀乍不有者　高山之　磐根四巻手　死奈麻死物乎
八七　在管裳　君乎者将待　打靡　吾黒髪尓　霜乃置萬代日
八八　秋田之　穂上尓霧相　朝霞　何時邊乃方二　我戀将息
難波の高津の宮に天の知らしめす天皇の代
磐姫皇后、天皇を思《しの》ひて作らす歌四首

〔八五〕君が行き　日長《けなが》くなりぬ　山尋ね　迎へか行かむ　待ちにか待たむ
（あなたがお出かけになってからずいぶん日にちが経ちましたが、まだお帰りにならない。山道をたずねてお迎えに行こうか。このままずっと待ち続けようか）

右の一首は、山上憶良臣が類聚歌林に載す。
〔八六〕かくばかり　恋つつあらずは　高山の　岩根しまきて　死なましものを
（こんなにも恋い焦がれて悶々としてるくらいなら、お迎えに出て険しい山の岩を枕にして死んでしまったほうがましだ）
〔八七〕ありつつも　君をば待たむ　うち靡《なび》く　我《わ》が黒髪に　霜の置くまでに
（やはりこのままあの方をお待ちしよう。長く豊かなこの黒髪が、白髪に変わるまでもずっと）

〔八八〕秋の田の　穂の上に霧《き》らふ　朝霞　いつへの方に　我《あ》が恋やまむ
（秋の田の稲穂の上に立ち込める朝霧ではないが、いつになったらこの苦しい胸の思いは霧が晴れるように消えるのだろうか）

伊藤博は、この巻頭四首は明らかに連作であり、漢詩絶句の起承転結を取り入れた組歌である、と指摘する。

冒頭八五番歌は、山上憶良の類聚歌林に収められた歌で、仁徳天皇皇后の磐姫の詠とされる。続く八六〜八八の三首は類聚歌林の歌ではないが、配列と内容からして、磐姫皇后詠とみなされる。

宋書倭国伝に現れる倭の五王、讃・珍・済・興・武のうち、讃を仁徳天皇とする説に従えば、仁徳朝は四世紀から五世紀にかけての王朝らしい。しかしその時代に、漢詩絶句の起承転結を踏まえた組歌の高度な技法が存在したはずはないから、ここには必ず後世の「埋もれた作者」がいる、と伊藤はいう。その黒幕ともいうべき人物が、新旧さまざまな歌を組み合わせて、磐姫皇后が夫仁徳天皇を偲ぶ歌としたのがこの四首に相違ない、というのである。

磐姫皇后詠の組歌は、何者かの代作ということだ。そしてこの黒幕は、持統朝の柿本人麻呂と思えるふしがある、と控えめに述べる。その理由として、短歌四首を起承転結の構えに仕立てる技法の創始者が人麻呂だからだ、というのである。状況証拠からの類推だが、きわめて重要な指摘である。

第二章で述べたように、万葉集には三組の自傷歌群があり、すべて「本人自傷歌＋追和歌四首」の定型をもつ。人麻呂を「短歌四首の組歌」の宗家とする伊藤の指摘は、同じく「追和歌四首」の定型をもつ三組の自傷歌群の構成者に人麻呂を比定し得る有力な状況証拠といえるだろう。人麻呂はここでも、万葉集巻一・二の歌の取捨選択に介入しうる編集責任者のような立場にあったことがうかがえるのである。

人麻呂が万葉集の編集に深く関与していたらしいのは、ここで取り上げた巻二『相聞』部の巻頭四首のありようからもいえる。

万葉集巻一・二は、『雑歌《ぞうか》』『相聞《そうもん》』『挽歌《ばんか》』の三大部立《ぶだて》から成り、これが以後の巻でも基本的に踏襲される。

伊藤博は万葉集の『相聞』を、男女の恋を主とする私的な感情を伝え合う歌、というように定義して、澤瀉久孝《おもだかひさたか》もそれでよかろうといっている。しかし巻頭の磐姫皇后の四首がこれに当てはまるかといえば、私は首をかしげざるを得ない。そこにあるのは、男と女が恋心を伝え合う甘やかな歌ではなく、道成寺《どうじょうじ》的な女の妄執《もうしゅう》とでもいうべき激情の奔出である。相手の都合などお構いなしに烈しく思いを滾《たぎ》らせたり、いっそ死んでしまおうと勝手に思い詰めたり、思いを諦めようかと悶々としてみたりと、激情の嵐が轟々と吹き荒れるような歌で、およそ『相聞』の巻頭を飾るにふさわしくは思えない。現代人の感覚ならストーカーかサイコパスの歌に分類するのがちょうど良さそうな歌群である。

磐姫皇后の巻頭四首に続いて並ぶのは、恋愛関係にある男女がやり取りした一連の贈答歌群である。これが本来の『相聞』部のあり方だとすれば、人麻呂はなぜこのいささか場違いな四首を掻き集めるか代作するかして、磐姫皇后詠として『相聞』巻頭に据えたのだろうか。

伊藤博は「四首は、古き世の高貴な女性の恋心を美しくうたった『相聞』の歌の規範として、冒頭を飾ったにちがいない」というが、うなずけない。伊藤がいうような相聞の定義に見合う歌なら、他に天皇詠や皇后詠で適当なものがいくらもあったはずだ。少なくとも、人麻呂に定義に見合う古歌を見出だす能力がなかったはずはない。

そう考えれば、ここでも大津皇子の「流涕御作歌」に見た隠れた意図、「ためにする」意思が働いていたと思わざるを得ない。人麻呂は万葉集編纂に介入できる立場を最大限利用して、ある明確な目的のために、磐姫作歌を装った四首を『相聞』部巻頭へ押し込んだのである。

その目的とは何か。

それは男女の恋を扱う『相聞』部を、『磐』字で始めるためだ。私はそう考える。

本章の最初で述べた通り、巻二『相聞』部は八五～八八の四首ではじまり、この歌群は次の題辞をもつ。

磐姫皇后思天皇御作歌四首（磐姫皇后、天皇を偲ひて作らす歌四首）

人麻呂はこの題辞で『相聞』部をはじめるために、脳髄をふり絞ったのである。

二

巻頭四首の作者とされる磐姫とはどんな女性だったのか。

『日本古代氏族人名辞典』にこうある。

磐之姫命　いわのひめのみこと　仁徳天皇の皇后。武内宿彌の子葛城襲津彦《かずらきのそつひこ》の女。履中天皇・住吉仲皇子《すみのえのなか》・反正天皇・允恭天皇を生んだ。嫉妬深く気性の激しい皇后と伝えられている(後略)

記事はこの七、八倍あるが、核心部分はこれだけである。万葉研究が進んだ現在でもこの女性について確かなことは何もわからない。人麻呂の時代ならなおさらで、「磐姫は仁徳天皇皇后で、嫉妬深い烈女であった」くらいしか伝わらなかっただろう。なにしろ人麻呂より二百年以上前の伝説的叡君《えいくん》とされる仁徳《にんとく》天皇の皇后である。確かな歌が伝わっていたとは思えない。それが人麻呂には好都合であった。この伝説的な皇后に仮託して意のままに歌を代作できるからだ。万葉集巻二『相聞』部の巻頭歌は、このような経緯で現在の四首になったと思われる。

八五　君之行　氣長成奴　山多都祢　迎加将行　待尓可将待
八六　如此許　戀乍不有者　高山之　磐根四巻手　死奈麻死物乎
八七　在管裳　君乎者将待　打靡　吾黒髪尓　霜乃置萬代日
八八　秋田之　穂上尓霧相　朝霞　何時邊乃方二　我戀将息

〔八五〕君が行き　日長くなりぬ　山尋ね　迎へか行かむ　待ちにか待たむ

〔八六〕かくばかり　恋つつあらずは　高山の　岩根しまきて　死なましものを
〔八七〕ありつつも　君をば待たむ　うち靡く　我が黒髪に　霜の置くまでに
〔八八〕秋の田の　穂の上に霧らふ　朝霞　いつへの方に　我が恋やまむ

一読明らかなのは、八六と二二三の鴨山自傷歌が、本歌取りを思わせるほど似ていることだ。

八六　如此許　戀乍不有者　高山之　磐根四巻手　死奈麻死物乎
二二三　鴨山之　磐根之巻有　吾乎鴨　不知等妹之　待乍将有

〔八六〕かくばかり　恋つつあらずは　高山の　岩根しまきて　死なましものを
〔二二三〕鴨山の　岩根しまける　我れをかも　知らにと妹が　待ちつつあるらむ

「高山之　磐根四巻手」と「鴨山之　磐根之巻有」の酷似は、誰の目にも明らかだろう。さらに八六は「死なましものを」を「死奈麻死物乎」と表記する。『死』を反復して「何がなんでも死んでやる」と強調しているのだ。烈女とされた磐姫にふさわしい歌句といえるだろう。

しかし磐姫皇后は、この激越な歌句のようには死ななかった。皇位を継ぐべき四人の皇子を生み、浮気な夫に愛想を尽かして別居のまま薨じたのである。

そして私たちは、この歌句そのままに死んでいったもう一人の烈女を知っている。

山邊皇女である。持統天皇により譯語田の自邸で死を賜った大津皇子の妃であった女性だ。この方は天智天皇皇女であり、持統天皇には年少の異母妹にあたる。

大津が処刑されたとき、山邊皇女は髪を振り乱し裸足で走り出て殉死した、と日本書紀は伝える。すなわち持統は、甥と異母妹に死を与えてしまったのである。

大津の斬首は人目をはばかって中庭で行われただろう。夫の首が胴体から斬り離された瞬間、妻は周囲の制止もあらばこそ座敷から飛び下り、遺骸の背に折り重なるように倒れ込みながら、頸動脈を掻き切った。貞淑な烈女の壮絶な死というべきだろう。

山邊皇女は万葉集に歌を残していない。和歌の贈答が日常会話替わりだった当時を思えば、山邊皇女が歌を詠まなかったはずはないが、万葉集は採らなかった。すでに巻二『相聞』部の巻頭歌に、磐姫皇后に仮託した山邊皇女の四首が並んでいるからだ。

冒頭八五番歌の「山多都祢」は「山（邊皇女の魂が、大津皇子の魂を）尋ねて行く」のを暗示する。さいごの八八番歌の「何時邊乃方二」は、山邊皇女と大津皇子の二人の魂の再会を暗示している。二首の表記はそういう造りになっている。

人麻呂がめざしたのは、非業の死を遂げた大津夫妻を、遠い昔の磐姫の物語に託して、愛の歓びを謳い上げる『相聞』部の巻頭に据えることであった。それは大津の刑死で断たれた夫婦の絆が、山邊の殉死でふたたびひとつに結ばれたのを、歌の世界で永遠に顕彰するためであった。

チャイコフスキーのバレエ組曲『白鳥の湖』の終幕は、悪魔を暗示する不吉な短調が主題を繰り返してオデット姫と王子の死を暗示するが、最後の最後に金管の長調に転じた主題が爆発して、主人公二人の愛の勝利を宣言する。人麻呂はそれと同じことをその千三百年近く前に、巻二の『相聞』巻頭四首でやっているのだ。

人麻呂が『磐』字に込めた思いはもうひとつある。他ならぬ人麻呂の大津への友情である。いまは幽明を隔てたが、お前に対する友情は『磐』のごとく永遠に変わらないぞ。冥界へそう語りかけているのだ。八七番歌はことにその趣が深い。

八七　在管裳　君乎者将待　打靡　吾黒髪尓　霜乃置萬代日

〔八七〕ありつつも　君をば待たむ　うち靡く　我が黒髪に　霜の置くまでに

（おれは生き続けるよ。お前の遺志を継いでやる。この黒髪が年老いて真っ白になるまでずっとだ）

大津皇子は二十四歳で刑死した。

日本書紀はその三年前の天武十二年二月一日、大津皇子が初めて朝政《ちようせい》を聴いたと記す。この日、朝廷の政治に本格的に参画したのである。時に二十二歳。今なら大学を出るかどうかの年齢である。父帝天武の期待のほどがうかがえる。

懐風藻は大津皇子の漢詩四首を収め、次のような人物評を添える。

皇子は、浄御原帝（天武天皇：筆者注）の長子なり。状貌魁梧、幼年にして學を好み、博覧にして能く文を屬る。壮に及びて武を愛み、多力にして能く剣を撃つ。性頗る放蕩にして、法度に拘れず。節を降して士を禮びたまふ。是に由りて人多く附託す。

文中「長子」とあるが、実際には高市皇子・草壁皇子に続く第三子である。この評者はおそらく人麻呂で、亡き天武の胸中を忖度《そんたく》して「長子」としたのだろう。事実、天武は大津を後継者と考えていたようだが、持統皇后に遠慮して言い出せなかった。ここ一番で信念の決断を下せない優柔不断の人であった。それが大津処刑の悲劇を生んだのである。

大津は容貌体格に優れ、幼い時分から学問を好んで知識は広く深く、文章に巧みだったと賛辞が並ぶ。すこぶる壮健で武芸に優れ、細事に拘らぬ大らかな人柄で、高貴の身でありながら腰を低めて、人士を礼遇した。こういう方だからこそ、多くの人々が、この方のためなら、と付き従ったのだという。

非業の死を遂げた大津への賛辞だから過褒《かほう》な部分はあるだろう。

しかし「幼い時分から学問を好んで知識は広く深く、文章に巧みだった」とあるのはおそらく本当で、それは人麻呂と相通ずる美質のように思える。この高いレベルで共鳴しあえた二人の青年が、談論風発肝胆相照らす仲であったのは当然だろう。人麻呂は「(大津が)幼い時分から学問を好んだ」のを知っている。二人の関係が幼い時分からのものだったことがうかがえるのである。

大津を主人公とする歌物語が『相聞』にある。

大津皇子贈石川郎女御歌一首

一〇七　足日木乃　山之四付二　妹待跡　吾立所沾　山之四附二
一〇八　吾乎待跡　君之沾計武　足日木能　山之四附二　成益物乎

大津皇子、石川郎女《いしかはのいらつめ》に贈る御歌一首
〔一〇七〕あしひきの　山のしづくに　妹《いも》待つと　我《わ》れ立ち濡れぬ　山のしづくに
（おまえを待ってたたずむうちに、おれは山の雫にしとどに濡れてしまったよ、その山の雫に）
〔一〇八〕我《あ》を待つと　君が濡れけむ　あしひきの　山のしづくに　ならましものを
（わたくしを待ってあなたさまが濡れてしまったという、その山の雫になれましたら素敵ですのに）

伊藤博はこの贈答相手の石川郎女について、「河内の国に石川郡があり、そこを本貫とする氏族に石川氏がある。その石川氏出身の女性らしい」と述べる。つまり正体不明ということだが、これは明らかに人麻呂がこしらえた虚構の女性である。

人麻呂の二二三鴨山自傷歌に続く二二四妻依羅娘子の歌に出てくる石川が、現生まれの仮想の川なのは第一章四で述べた。それと同じ名をもつ正体不明の石川郎女が、現実の女性とは思えない。あえていうなら石川の精霊であろう。

伊藤は、この時代に貴公子が山で女を待ち、夜露に濡れるなどというのはあり得ないという。古代では「待つ」のはもっぱら女だった、というのである。この指摘からもこの贈答歌が歌物語なのは明らかだが、その中で大津皇子をしとどに濡らした山の雫は、やがて寄り集まって川になる。仮想の石川である。その川水から生まれた女精が石川郎女なのだ。

だから彼女の答歌は流れくだる川水のように自然で、いささかの淀みもない。それは先学がいうような、石川郎女が男あしらいに長《た》けた遊行女婦《あそびめ》だからではなく、最初から一人の作者が組歌として詠んだ歌だからである。この贈答歌も人麻呂の代作に違いない。

一〇七、一〇八が人麻呂代作だとすれば、この二首が「山之四付（附）二」の歌句を三度歌い込んで、「山」「四」「二」の語を執拗に繰り返すのはなぜだろう。人麻呂ほどの歌人が同じ歌句を無自覚に反復するはずはないから、おそらくこれは先に指摘した八五番歌の「山多都祢」、八八番歌の「何時邊乃方二」の文字使いを繰り返して、「山」＝山邊皇女、「四」＝大津皇子・山邊皇女の死、「二」＝二人の魂の再会、を文字霊に託した鎮魂歌なのだ。八五番歌と八八番歌は、表向きは磐姫皇后の歌だから、人麻呂としてはもうひとつ満足できなかったのだろう。そこで新たに山邊皇女を仮託した石川郎女を造形し、大津皇子とじかに恋の歌をやり取りさせたのである。亡友大津は人麻呂にとってそこまで心を尽くして鎮魂すべき大切な存在だったということだ。

大津皇子作歌はもう一首ある。続く一〇九番歌である。

　大津皇子竊婚石川女郎時津守連通占露其事皇子御作歌一首（女郎は原文ママ）

一〇九　大船之　津守之占尓　将告登波　益為尓知而　我二人宿之

大津皇子、竊《ひそ》かに石川女郎《いしかはのいらつめ》に婚《あ》ふ時に、津守連通《つもりのむらじとおる》、その事を占《うらな》へ露《あら》はすに、皇子の作らす歌一首

〔一〇九〕大船の　津守が占《うら》に　告《の》らむとは　まさしに知りて　我《わ》がふたり寝し

（大船の泊てる津というのではないが、その津守めの占いによって占い露わされようなどというのは百も承知で、われら二人は寝たのだ）

これへの答歌はない。かわりに日並皇子（草壁皇子）の次の歌が続く。

日並皇子尊贈賜石川女郎御歌一首　女郎字曰大名児也（女郎は原文ママ）

一一〇　大名児　彼方野辺尓　苅草乃　束之間毛　吾忘目八

日並皇子尊、石川女郎に贈り賜ふ御歌一首　女郎、字は大名児なり

〔一一〇〕大名児《おおなご》、彼方野辺《むちかたのへ》に　刈る草《かや》の　束の間《あいだ》も　我《わ》れ忘れめや

（大名児よ、彼方の野辺で刈るかやのひと束の、そのつかの間さえも、おまえを忘れはしないよ）

これを歌のままに解釈すれば、大津皇子が「二人で寝た」と誇らしげにいう石川女郎は、草壁皇子

の愛妾大名児だったことになる。天武帝の第二、第三皇子で、ひとつ違いの異母兄弟である二人であれば、女性の好みも似通っていて、同じ女性を愛してしまうのもあり得なくはないかもしれない。

しかし一一〇番歌が大津皇子の一〇七番歌から続く四首のさいごの歌であり、石川郎女が山邊皇女の分身の可能性が高いのを思えば、これらはやはり人麻呂得意の四首組歌の歌物語と見るのが妥当であろう。実際一〇七から一一〇までは見事に起承転結を成している。人麻呂は一〇七、一〇八だけでなく、一一〇までの四首すべてを代作してここに据えたのだ。

なぜそんなことをしたのか。

それは歌物語の上で大津に花をもたせるためだ。現実世界では大津はすでに敗死している。この事実は動かない。しかし歌物語の別世界でなら、大津は草壁に打ち勝って快哉を叫ぶことができる。人麻呂はそれが虚しい自己満足と知りながら、歌物語の別世界で亡き友に戴冠したのである。

三

磐姫の名が実名かは疑わしいという説がある。

『古代氏族人名事典』の『磐之媛命』の解説の中ほどに、次の指摘がある。

（前略）磐之媛と黒髪の美しい美女を意味する黒日女（仁徳の寵妃）は、それぞれ日向神話における気性の荒い醜女磐長媛と美人の木花開耶姫《このはなさくやひめ》に相当する一対の存在として造形されているの

で、磐之媛という名は実名ではないとも考えられる（後略）

日向《ひゅうが》神話は次のように述べる。

国神の大山祇神《おおやまつみのかみ》の娘である磐長媛《いわながひめ》と木花開耶姫《このはなさくやひめ》は、姉妹ながら容貌は好対照であった。姉の磐長は無骨な磐のごとき醜女だったが、妹の木花開耶は桜の花のようにあでやかな美女であった。天孫火瓊瓊杵尊《てんそんほのににぎのみこと》は美貌にまどわされて木花開耶を召し、一夜で孕《はら》ませたが、醜女の姉は遠ざけた。磐長媛はこれを恨み、天孫の末裔《まつえい》を呪詛《じゅそ》した。「自分を召していれば、天孫の御子の命は磐のごとく永遠だったのに、妹だけ召したからその命は散る花のようにはかなくなるぞ」と。それゆえ天孫の末裔たるわれわれの命は短く限られてしまったのだ。

これは人間の寿命の由来を説く神話で、およそあらゆる国と地域に類話がある。たとえば旧約聖書は、神が禁じた知恵の実を食べてエデンの楽園を追放されたアダムとイブの末裔であるわれら人間は、祖先の愚行ゆえに労働の苦しみと寿命を限られる悲しみを甘受せねばならなくなったのだと説くが、磐長と木花開耶の物語も類話の一種といえる。

私たちが姉妹の神話に見るのは、古代の巨石信仰や磐座祭祀《いわくらさいし》の淵源である。それらは磐に永遠の命を視ることで成り立っている。磐こそは揺るぎない永遠のシンボルである。だからこそ人麻呂は、巻二『相聞』部を、永遠を寿《ことほ》ぐ『磐』字ではじめたかったのだ。

ここで気づくのは、人麻呂が代作した自傷歌三首に、いずれも『磐』字を注入したことである（第二章）。あれはたんなる代作標識ではなかったのだ。非業の死を遂げた有間皇子と大津皇子の魂に、安らかなれ、永遠なれと祈りを込めて捧げた、呪的な文字だったのである。

そうはいっても、磐之媛の名はあまり女性にふさわしくは思えない。これは日向神話の磐長媛と同じく、「磐」の呪性を女性に依《よ》り憑かせた仮名であろう。本来は「葛城の○▽媛」と伝わっていた皇后の名前を、人麻呂が「磐之媛」に差し替えたのである。

ここで大きな疑問が生じるだろう。

「磐之媛」の名は万葉集だけでなく、日本書紀と古事記仁徳天皇紀にも現れる（表記は「石之日売《いわのひめの》命《みこと》」）。由来がはっきりしない万葉集だけならともかく、官撰国史とされる日本書紀や、天武天皇が編纂指示したという古事記の記事中にも現れる皇后の名前を勝手に差し替えるなどという荒事が、本当に人麻呂にできたのか。

これは人麻呂を六位以下の下級役人とする契沖以来の人物観に立つ限り当然の疑問だが、古今和歌集のふたつの序文がいうように人麻呂が三位や五位、あるいはそれ以上の高官だったら、必ずしも不可能ではなかったかもしれない。

本稿では再三にわたって大津皇子と人麻呂が莫逆の友であったと述べてきた。それは人麻呂が大津皇子と親しく交われる貴族階級に属さなければ不可能なことである。

人麻呂は本当に貴族だったのか。

傍証はあるのか。

桜井満はかつて、人麻呂が貴族の子弟であった可能性を示唆したことがある。学界ではほぼ無視されたようだが、これについて次章で検討する。

第六章　『泣血哀慟歌《きゅうけつあいどうか》』は何を語るか

人麻呂は万葉集長歌《ちょうか》の頂点に君臨する歌人とされる。
長歌は五七の歌句を何句も繰り返し、さいごに五七七で結ぶのが基本だという。句数に定めはないようだが、和歌が五七五七七の定型に収まる以前の、古い形式を伝える歌とされる。
巻一『雑歌』部の長歌の作例を見ると、巻頭から天皇および天皇にきわめて近い宮廷関係者の歌が続く。

一雄略天皇御製、二舒明天皇御製、三舒明天皇の狩りに従った時、皇后が間人連老《はしひとのむらじおゆ》に献呈させた歌、五舒明天皇の讃岐行幸に従った軍王《こにきしのおおきみ》が山を見て詠んだ歌、一三中大兄(後の天智天皇)の三山の歌、一六・一七額田女王《ぬかたのおおきみ》作歌、二五天武天皇御製、という具合だ。そして二九に「近江の荒れたる都を過ぐる時、柿本朝臣人麻呂の作る歌」と題して人麻呂の長歌が現れる。ここまでで最も長大な歌である。

このように概観すると、人麻呂以前の長歌の詠者はすべて宮廷関係者だから、人麻呂も宮廷に連なる人物のように思えるが、そう簡単ではないらしい。というのは、人麻呂には私的に詠んだとされる歌が大量にあるからで、この歌聖には御用歌人の貌《かお》も大衆歌人の貌もあり、どちらとも定め難いのだという。

桜井満はこう述べる。

人麻呂には、大きくみて、舎人《とねり》説があり御用歌人説があり巡遊伶人《じゅんゆうれいじん》説がある。そして最大公約数的に宮廷歌人と呼ばれる。「宮廷歌人」なる職制はたしかに規定されていないが、職名の問題ではなく、人麻呂の歌の本質的な理解の仕方である。

私としては、人麻呂が大津皇子や草壁皇子を中心とする貴公子グループ内で抜群の歌力を認められて宮廷の儀礼歌と関わるようになり、他方では一青年として私的な歌を詠むこともあったのだろうと思うのだが、歌人としての軸足はやはり宮廷にあったと考える。

人麻呂がいわゆる「宮廷歌人」だったというのは、公的な儀礼歌の作例があるし、ほぼすべての学説が認めるところだが、一歩進んで、どういう立場で「宮廷」と関わったかを問うと、とたんに何もわからなくなる。舎人だった証拠はないし、歌舞で宮廷に奉仕した伶人の傍証もない。そこで先学が便宜的に「巡遊伶人」と名づけた民間の下級芸能者、舞いや歌のパフォーマンスで糊口をしのぎつつ各地を巡回した人々の元締めではないかという説まで出るのだが、これとて想像の域を出ない。

柿本人麻呂は千年来の巨大な未踏峰なのだ。頂上をめざすには、彼が残した万葉歌を足掛かりにするしかない。だからこそ踏みだす足場は確かでなければならず、どの歌から登り出すかが重要なのだ。鴨山自傷歌を足掛かりにした斎藤茂吉ルートも梅原猛ルートも、頂上へ続いていないのはすでにわかっている。

私は熟慮の末に、巻二挽歌部の『泣血哀慟歌《きゅうけつあいどうか》』（207〜216）を足掛かりに選んだ。これは万葉集二十巻中もっとも長大な歌で、三群の挽歌と短歌から成る。三十一文字の短歌と違って、検討試料として申し分ないボリュームである。なんといっても人麻呂がまだ大嘘つきの古狸に化けきらない青年時代の歌なのがよい。青狸だから嘘つきとしては未熟なところがあり、歌の所々に真実が顔をのぞかせることがあるのではないかと期待しての選択である。

『泣血哀慟歌』は三群からなるが、内容は同じだ。若き日の人麻呂が愛妻に先立たれて身も世もあらず嘆き悲しむ歌で、人麻呂の代表作ともいうべき歌群だが、近年の人麻呂研究が辞世とされる最晩年の鴨山三首（あるいは五首）に焦点を合わせ過ぎた反動で、若書きの『泣血哀慟歌』は必要以上に軽く扱われるようになった。しかし人麻呂が大津皇子や草壁皇子と親しく交われる若手貴公子グループの一員だったとすれば、若書きの『泣血哀慟歌』にこそ、その痕跡が残されている可能性が高い。

この歌の本来の区分は長歌二首と或本《あるまき》の歌一首だが、あまりに長いので、ここでは便宜的にA、B、Cの三群に分けて扱う。

柿本朝臣人麻呂妻死之後泣血哀慟作歌二首併短歌

（A群）

二〇七　天飛也　輕路者　吾妹兒之　里尓思有者　懃　欲見騰　不已行者　人目乎多見
真根久往者　人應知見　狭根葛　後毛将相等　大船之　思憑而　玉蜻　磐垣渕
之　隠耳　戀管在尓　度日乃　晩去之如　照月乃　雲隠如　奥津藻乃　名延之妹

者　黄葉乃　過伊去等　玉梓之　使乃言者　梓弓　聲尓聞而　将言為便　世武為
便不知尓　聲耳乎　聞而有不得者　吾戀　千重之一隔毛　遣悶流　情毛有八等
吾妹子之　不止出見之　輕市尓　吾立聞者　玉手次　畝火乃山尓　喧鳥之　音母
不所聞　玉桙　道行人毛　獨谷　似之不去者　為便乎無見　妹之名喚而　袖曽振
鶴

短歌二首

二〇八　秋山之　黄葉乎茂　迷流　妹乎将求　山道不知母

二〇九　黄葉之　落去奈倍尓　玉梓之　使乎見者　相日所念

〔二〇七〕天飛《あまと》ぶや　軽《かる》の道は　我妹子《わぎもこ》が　里にしあれば　ねもころに　見まく欲しけど
やまず行かば　人目を多み　数多く行かば　人知りぬべみ　さね葛《かずら》　後も逢はむ
と　大船の　思ひ頼みて　玉かぎる　岩垣淵《いわかきふち》の　隠りのみ　恋ひつつあるに　渡
る日の　暮れ行くがごと　照る月の　雲隠るごと　沖つ藻の　靡《なび》きし妹は　黄葉《もみじば》
の　過ぎてい行くと　玉梓《たまずさ》の　使いの言えば　梓弓　音に聞きて　言はむすべ
為《せ》むすべ知らに　音のみを　聞きてありえねば　我が恋ふる　千重《ちえ》の一重《ひとえ》も　慰
もる　心もありやと　我妹子が　やまず出で見し　軽の市に　我が立ち聞けば
玉たすき　畝傍《うねび》の山に　鳴く鳥の　声も聞こえず　玉桙の　道行く人も　ひとり

だに　似てし行かねば　すべをなみ　妹が名呼びて　袖ぞ振りつる

（軽《かる》の巷《ちまた》はいとしいあの子のいる里だ。だから通いつめてよくよく見たいと思うが、しょっちゅう行けば人目につくし、繰り返し行けば人に知られてしまうから、いまはこらえて後日逢おうと、思いを秘めて恋い慕っていた。なのに空を渡る日が暮れていくように、夜空を照り渡る月が雲に隠れるように、沖の藻のように私に寄り添い寝たあの子は散る黄葉《もみじば》のはかない身になってしまったと、あの子の便りを運ぶ使いの者が言う。あまりのことに呆然としたが、さりとて報《しら》せを聞くだけですませる気にはとてもなれず、この恋しさの千に一つも紛《まぎ》れることもあろうかと、あの子がしょっちゅう出て見た軽の巷へ出かけて耳をそばだててみた。けれどもあの子の声はおろか畝傍《うねび》の山で鳴きしきる鳥の声さえ耳に入らない。道行く人も一人としてあの子に似た者はいない。もうどうしてよいかわからず、ただあの子の名を呼んで、ひたすら袖を振り続けた）

短歌二首

〔二〇八〕秋山の　黄葉《もみじ》を茂み　惑《まど》ひぬる　妹《いも》を求めむ　山道《やまじ》知らずも

（秋山の今を盛りと色づく草木が生い茂るその中へ迷い込んでしまったいとしい子、あの子を探したいが、道さえわからない）

〔二〇九〕黄葉の　散り行くなへに　玉梓《たまずさ》の　使《つかい》を見れば　逢ひし日思ほゆ

（黄葉がはかなく散ってゆく折しも、文使いの者が行くのを見ると、いとしいあの子に逢っ

た日のあれこれが思い出される）

まず長さに圧倒される。

ついで縦横に駆使した絢爛たる枕詞に圧倒される。いきなり初句に「天飛也」とあるが、これは「軽《かる》」の枕詞。「軽」と鳥の「雁《かり》」が音として似ているからだという。続いて「狭根葛《さねかずら》」は「後も逢ふ」の枕詞。植物の「葛」の蔓が離れてもまた絡み合うことからきた。「大船の」は「思い頼む」の、「玉かぎる」は「磐垣渕《いわかきふち》」の枕詞。「沖つ藻の」は「なびく」の、「黄葉の《もみじば》」は「過ぐ」の、それぞれ枕詞だという。いくらでもある。なにしろ人麻呂は万葉集の枕詞の総帥という指摘がある。

人麻呂は長歌の王様だから、用いた歌句は短歌歌人の百倍をゆうに超えるだろう。それだけ枕詞の用例が増えて当然だが、枕詞は修飾する語とされる語の間に一定の決まりがあり、手前味噌は許されない。「天飛ぶ」は「軽」にしか使えない約束があるわけで、これを使いこなすには、数をこなして習熟するしかない。身につくまでに多くの時間を要する職人芸みたいな文飾術である。

人麻呂はそのような枕詞の教養をいつどこで身につけたのか。人麻呂がその日の食い扶持にも汲々とするような下級芸能民だったとしたら、そんないつ飯のタネになるか知れないキワモノ芸の習得に身をやつす余裕などありはしないだろう。これひとつを見ても、巡遊伶人説には無理があるように思える。

ついでにいえば、私は「巡遊伶人」の職能がどういうものかよくわからなかった。「広辞苑」（岩波書店）の「伶人」の項には「音楽を奏する人。特に雅楽寮で雅楽を奏する人。楽人。楽官」とあり、「大辞林」（三省堂）も同じだが、これは現代の宮内庁雅楽寮の伶人のことで、万葉時代のそれではない。しかし現代の伶人が楽や舞いで皇室行事に奉仕するのは確かだから、人麻呂時代の伶人もだいたいそれでいいのだろうと思っていた。

しかし平凡社ライブラリー「山海経《せんがいきょう》」の郭璞《かくはく》の序文末尾近くに「天帝の中央の庭は伶人の足を踏み入れるところではなくて云々」とあり、「伶人」に「たいこもち」とルビがふってあった。

郭璞は東晋（317〜420）の人だから、万葉時代とそうかけ離れてはいない。「たいこもち」のルビが正しいかはともかく、いわゆる巡遊伶人が舞楽を主とする「たいこもち」的要素の強い芸能民だったのは十分有り得るだろう。大衆性がなければ民間で飯は食えない。私としてはこれが万葉時代の「巡遊伶人」の職能として、もっともうなずけるものだったことを付言しておく。

さて題辞の『泣血哀慟《きゅうけつあいどう》』の語だが、「泣血」は『韓非子《かんびし》』に典拠があり、「哀慟」も漢語で、死者に対する悲しみを表す専用語だという。題辞は後付けで別人がつけた可能性もあるが、人麻呂自身が付けたとすれば、少なくとも『韓非子』は読んでいたことになる。

史記の人物小伝によると、韓非子は始皇帝の秦（BC905〜BC206）に隣接した韓の公子だが庶子であり、生来ひどい吃音《きつおん》で弁舌は不得手だった。しかし文章に優れ多くの著作をなした。『韓非子』はその思想を代表する書物で、「刑名」「法術」の理論を中心とするという。「法」とは公に示して遵守させるべきもので、「術」は「法」を運用する具体策だという。およそ現在の司法と行政に対応する概念のように思える。始皇帝は韓非子の思想に感服したが、佞臣《ねいしん》の讒言《ざんげん》により用いることはなかった。

『泣血哀慟』の語が『韓非子』他の舶載漢籍によるということは、それらを読めた者は、法に携わる官人などごく狭い範囲に限られたことを意味する。すなわち人麻呂が律令官僚であった可能性を強く示唆するのである。

藤原氏の家史である「家伝」の鎌足伝に、僧旻《みん》の堂房に、蘇我入鹿《そがのいるか》をはじめとする貴公子グループが集まり『易経』の講義を受けていたと記されている。

旻は講義の後で鎌足を引き留め、「ここに出入りする者で蘇我太郎（入鹿）に及ぶ者はいない。ただそなただけは間違いなく入鹿より優れている。深くわが身を大切にすることを願う」と告げたという。これは舒明八年（636）頃のことらしいから、人麻呂から完全にひと世代前の話である。

この記事から、隋唐に学んで帰朝した学僧や渡来僧の堂房が漢籍の学堂を兼ねていたと知れるが、そこは限られたエリート養成の場であり、どこの馬の骨とも知れぬ庶民がもぐり込める場所ではなかった。これは人麻呂の青年期（同世代らしき大津皇子賜死の年〔686〕から、680年代と推定される）も同じだったろう。鎌足から半世紀後のその頃も、渡来僧や帰朝僧の堂房は漢籍の私塾で、高級官人子弟の貴公子グループが膝詰めで四書五経などの講義を受けていたと思われる。人麻呂に垣間見える漢籍の教養は、そんな環境に身を置ける身分だったことによる、すなわち人麻呂が貴族の子弟だったことによる、と見るのが妥当だろう。

二首目（B群）は次の通り。

二一〇　打蝉尓　念之時尓　取持而　吾二人見之　趍出之　堤尓立有　槻木之　己知碁智

乃枝之　春葉之　茂之如久　念有之　妹者雖有　憑有之　兒等尓者雖有　世間乎背之不得者　蜻火之　燎流荒野尓　白妙之　天領巾隠　鳥自物　朝立伊麻之弖入日成　隠去之鹿歯　吾妹子之　形見尓置有　若兒乃　乞泣毎　取與　物之無者　鳥徳自物　腋挟持　吾妹子与　二人吾宿之　枕付　嬬屋之内尓　晝羽裳　浦不樂晩之　夜者裳　氣衝明之　嘆友　世武為便不知尓　戀友　相因乎無見　大鳥乃　羽易乃山尓　吾戀流　妹者伊座等　人之云者　石根左久見手　名積来之　吉雲曽無寸　打蝉跡　念之妹之　玉蜻　髣髴谷裳　不見思者

短歌二首

二一一　去年見而之　秋乃月夜者　雖照　相見之妹者　弥年放

二一二　衾道乎　引手乃山尓　妹乎置而　山徑往者　生跡毛無

〔二一〇〕うつせみと　思ひし時に　取り持ちて　我がふたり見し　走出《はしりで》の　堤に立てる槻《つき》の木の　こちごちの枝《え》の　春の葉の　茂きがごとく　思へりし　妹にはあれど頼めりし　子らにはあれど　世間《よのなか》を　背《そむ》きしえねば　かぎるひの　燃ゆる荒野に　白栲《しろたえ》の　天領巾《あまひれ》隠《がく》り　鳥じもの　朝立ちいまして　入日なす　隠りにしかば我妹子《わぎもこ》が　形見に置ける　みどり子の　乞ひ泣くごとに　取り与ふる　物しなければ　男じもの　脇ばさみ持ち　我妹子と　ふたり我が寝し　枕付く　妻屋《つまや》の

うちに　昼はも　うらさび暮らし　夜はも　息づき明かし　嘆けども　為《せ》むすべ知らに　恋ふれども　逢ふよしをなみ　大鳥の　羽がひの山に　我が恋ふる　妹はいますと　人の言へば　岩根さくみて　なづみ来《こ》し　よけくもぞなき　うつせみと　思ひし妹《いも》が　玉かぎる　ほのかにだにも　見えなく思へば

（別れが来るなどあり得ないと思っていた時、二人で手にかざして見たあの小枝、長く突き出た堤に立つ槻の木の、春の葉をびっしりつけたあの枝のように絶え間なく思ってい たいとしい子、頼りにしていたあの子なのに、常なき世の定めには背けない。陽炎《かげろう》の燃え立つ荒野に、真っ白な天女の領巾《ひれ》に蔽われて、鳥でもないのに朝早く我が家をたち、入日の沈むように隠れてしまった。忘れ形見の幼な児が泣いてもどうしようもない。ただおろおろと小脇に抱えてあやすばかり。あの子と二人して寝た離れで、昼はうら寂しく暮らし、夜は溜息ついて明かす。いくら嘆いてもどうにもならない。いくら恋い慕っても逢える見こみもないので、あの子は羽がいの山にいると人が言ってくれるままに、岩をおしわけ苦労してやってきたが、そのかいすらもない。狂おしいほど恋しいあの子の姿がほのかにも見えないのだから）

短歌二首

〔二一二〕去年《こぞ》見てし　秋の月夜《つくよ》は　照らせども　相見し妹《いも》は　いや年離《としさか》る

（去年ふたりで見た月は、この秋も変わらず照っているが、一緒に見たあの子は、年月と

ともにいよいよ遠ざかって行く）
〔二一二〕衾道《ふすまじ》を　引手《ひきて》の山に　妹を置きて　山道《やまじ》を行けば　生《い》けりともなし
（衾道よ、その引手の山にあの子を置いて、寂しい山道を一人でたどれば、この身さえ生きているようには思えない）

A群は通い妻の突然の訃報に呆然とする人麻呂を活写するが、B群は亡妻の葬儀前後の腑抜《ふぬ》けた人麻呂を描写する。

時系列はA→Bである。題辞は同じだがA、Bは草稿と決定稿の関係ではなく、細部が異なるバリエーションでもない。別の歌である。

人麻呂はなぜ妻の死に際して二首の長大な挽歌を詠まなければならなかったのか。その理由を暗示するのが、Bの長歌にある「あの子と二人して寝た離れで、昼はうら寂しく暮らし、夜は溜息ついて明かす。いくら嘆いてもどうにもならない」の下りである。

青年人麻呂は、愛妻の死の衝撃を乗り越えるために、ひとり離れへ引きこもったのだ。外部の雑音を遮断して、ボロボロになった自我の修復をまつ蛸壺《たこつぼ》作戦である。

しかし夫婦の愛の巣だった部屋は、いまは妻の不在を突きつけるだけの針のむしろであった。取り残された人麻呂は、昼も夜も壁にもたれて呆然とするしかない。飲まず食わずだが腹は減らず喉は乾かず眠気も感じない。目は開いてるか閉じてるか判然とせず、耳は溶け落ちたみたいに何も聞こえない。もう引きこもって何日たつかもわからない。とうとう生きてるか死んでるかさえわからなくなってしまった……。

現代のストレス外来へ駈け込めば、妻の死に起因する強度のＰＴＳＤ（心的ストレス症候群）と診断されるであろう状態である。

いっそ死んだらどんなに楽かと心のどこかで囁く声がするが、これじゃいけない、亡き妻はこんなおれを望んでるはずがない。あの子のためにも何としても立ち直らねばと鼓舞する声もある。

二一二の短歌の結びにある「この身さえ生きているようには思えない」は自我が崩壊しかけた非常に危険な状態にあることを示すが、しかし人麻呂は生還した。生来の強靭な心身によるところが大きいだろうが、歌が援護したのも確かである。歌を詠むことが、それもできる限り長大な歌を詠んで傷ついた心を正面から見つめ癒《いや》すことが、現代精神医学がいうところの物語療法的な効果を発揮したのかもしれない。

以上の考察から容易に想像できるのは、『泣血哀慟歌』が宮廷サロン向けに書かれたお涙頂戴劇ではなかったことである。それは人麻呂が愛妻の死という強烈な心的外傷を乗り越えるために、どうしても書かねばならなかった魂の記録なのだ。作り物ではない真実の記録なのである。

泣血哀慟歌をそういう視点で見直すと、この長大な挽歌からきわめて純度の高い人麻呂の周辺情報が幾つか得られる。以下箇条書きで列挙する。
①青年期に妻と死別している
②亡妻との間に幼な児がいる

③東国と何らかの関係がある
④若いのに文使いを雇える経済力がある
⑤「妻屋」がある家（貴族の家か）で暮らした
この「妻屋がある家」についてはC群で詳説する。

③に関連して付け加えれば、長歌Aの末尾に「妹《いも》が名《な》呼びて　袖ぞ振りつる」の歌句があるが、この「妹が名を呼ぶ」という表現は、他には巻十四東歌の相模国『相聞』に一首あるだけだと桜井満はいう。

三三六二　相模祢乃　乎美祢見所久思　和須礼久流　伊毛我名欲妣弖　我乎祢之奈久奈
〔三三六二〕相模嶺《さがむね》の　小峰《おみね》見《み》退《そく》くし　忘れ来《く》る　妹が名呼びて　我《あ》を音《ね》し泣くな
（相模嶺の懐かしいあの峰を見捨てるように、忘れよう忘れなければとここまで来たのに、その子の名をいまさら呼んで、おれを泣かすな）

この相模国の無名歌人が『泣血哀慟歌』を知っていたはずはない。だから人麻呂が何らかの方法でこの東国特有の言い回しを知り、心にとめて用いたことになる。人麻呂に東国とのパイプがあった傍証といえる。

桜井は「妹の名」とは「妹の魂の呼称」であり、それを「呼ぶ」のは〈魂呼《たまよ》ばひ〉の呪法であるという。人麻呂が「妹が名呼びて」手を振ったのは、亡妻の魂を呼び戻す東国の呪法であり、ただ半狂乱で妻の名を連呼したわけではないのだ。この部分の原文は「妹之名喚而　袖曽振鶴」である。人麻呂は差し招くように手を前後に振ったのではなく、鶴が空へ羽ばたくように両腕を激しく上下させたのである。

長歌Aは「天飛也《あまとぶや》」ではじまり「袖曽振鶴《そでぞふりつる》」で結ぶが、それで終わりではない。結句の「鶴」はふたたび初句へ戻って天空へ舞い上がる循環構造になっている。歌の仮想世界で鶴と化した人麻呂は、愛する妻と翼を並べて、天地のあいだを自由に飛び巡るのである。人麻呂が一首の構造と表記にどれほど心を砕いたかがうかがえる歌である。

三首目（C群）は次の通り。

或本歌曰

二一三　宇都曽臣等　念之時　携手　吾二見之　出立　百兄槻木　虚知期知尓　枝刺有如
春葉　茂如　念有之　妹庭雖有　世中　背不得者　香切火之　燎流荒野尓　白
栲　天領巾隠　鳥自物　朝立伊行而　入日成　隠西加婆　吾妹子之　形見尓置有
緑兒乃　乞哭別　取委物之無者　男自物　腋挟持　吾妹子與　二吾宿之　枕附
嬬屋内尓　日者　浦不怜晩之　夜者　息衝明之　雖嘆　為便不知　雖戀　相縁
無　大鳥　羽易山尓　汝戀　妹座等　人云者　石根割見而　奈積来之　好雲叙無

宇都曽臣　念之妹我　灰而座者

短歌三首

二一四　去年見而之　秋月夜者　雖度　相見之妹者　益年離

二一五　衾道　引手山　妹置　山徑念迹　生刀毛無

二一六　家来而　吾屋乎見者　玉床之　外向来　妹木枕

〔二一三〕うつそみと　思ひし時に　たづさはり　我がふたり見し　出立の　百枝槻の木　こちごちに　枝させるごと　春の葉の　茂きがごとく　思へりし　妹にはあれど　頼めりし　妹にはあれど　世間《よのなか》を　背《そむ》きしえねば　かぎるひの　燃ゆる荒野に　白栲の　天領巾隠り　鳥じもの　朝立ちい行きて　入日なす　隠りにしかば　我妹子が　形見に置ける　みどり子の　乞ひ泣くごとに　取り委す　物しなければ　男じもの　腋ばさみ持ち　我妹子と　二人我が寝し　枕付く　妻屋の内に　昼は　うらさび暮らし　夜は　息づき明かし　嘆けども　為むすべ知らに　恋ふれども　逢ふよしをなみ　大鳥の　羽がひの山に　汝が恋ふる　妹はいますと　人の言えば　岩根さくみて　なづみ来し　よけくもぞなき　うつそみと　思ひし妹が　灰にていませば

（別れが来るなどあり得ないと思っていた時に、手を携えて二人して見た、まっすぐに立つ百枝の槻の木、その木があちこちに枝を伸ばしているように、その春の葉がびっしり茂っているように、いつもいつも思っていたいとしい子ではあるが、頼りにしていたあの子ではあるが、常なき世の定めには背けない。陽炎の燃え立つ荒野に、まっ白な天女の領巾に蔽われて、鳥でもないのに朝早くわが家をたって行き、入日のように隠れてしまった。忘れ形見の幼な児が泣くがどうしたらよいかわからない。男だというのに、小脇に抱きかかえてオロオロするばかりだ。あの子と二人して寝た離れで、昼はうら寂しく暮らし、夜は溜息ついて明かし、いくら嘆いてもどうしようもなく、いくら恋い慕っても逢える見こみもない。「羽がいの山にあなたの恋い焦がれるお方はおいでになりますよ」と人が言ってくれたままに、岩根を押しわけ苦労してやって来たがそのかいすらもない。別れることなどありはしないと思っていたあの子が、空しくも灰となっておいでになるので)

短歌三首

〔二一四〕去年《こぞ》見てし　秋の月夜《つくよ》は　渡れども　相見《あいみ》し妹《いも》は　いや年離《としさか》る
(去年見た秋の月は今も変わらず空を渡っているが、一緒に見たあの子は、年月とともにいよいよ遠ざかって行く)

〔二一五〕衾道を　引手の山に　妹を置きて　山道思ふに　生けるとも無し
(衾道よ、引手の山にあの子を置いてきたのだ。その山道を思うと、生きた心地もしない)

〔二一六〕家に来て　我《わ》が屋を見れば　玉床《たまどこ》の　外《ほか》に向きけり　妹《いも》が木枕《こまくら》
（家に帰ってわが屋を見たら、寝床であられもない方を向いていたよ、妻の木枕は）

一読明らかなように、CはBの別バージョンである。或本の歌とあるから、人麻呂のオリジナルではあるまい。Bの表記と比べて助詞の省略が多く、文字もより平易で、全体的に調子が軽いから、耳で聴き取った歌句を、あとで文字起こしした原稿のように見える。

モーツァルトはシスティナ礼拝堂の門外不出の九声合唱曲を、一度聞いただけで完璧に譜面に起こしたというから、『泣血哀慟歌』も、そらんじて文字起こしできる天才がいたのだろう。そんな作業をしてまでもこの台本を手に入れたい需要があったのだ。それほどの大ヒット作だったことがうかがえる。

桜井は二一六の短歌についてこう述べる。

「家に来てわが屋を見れば」という表現も、妹が木枕が「玉床の外に向きけり」という詠嘆も、極めてめずらしい。『家』の内に『わが屋』があったのであり、それは竪穴式住居などでは考えられないことである。貴族の住居による表現であるに違いない。

桜井の指摘はまったくその通りだが、問題は二一六の短歌が人麻呂オリジナルのBには見えないことだ。とはいえCは人麻呂のオリジナルをそらんじて原稿化したバージョンらしいから、オリジナルにない二一六番歌をわざわざこしらえて三首目に加えたはずはない。

人麻呂が「玉床の外に向いていた妻の木枕」を見て悄然としたのは、妻はけっしてそんな無作法をしない上流の人だったからだ。生前の妻の木枕は、いつもきちんと整えられていた。同じ上流の人である人麻呂もそれを当然としていた。なのに妻がいなくなった今、木枕はとんでもない方を向いて空しく転がっている。ああ、妻は本当に亡くなってしまったんだなあ、というなんともいえない悲哀がにじむ二一六の短歌を、当事者の人麻呂以外が詠めたとは思えない。

だとすれば、いまは二首だけのB群の短歌は本来は三首で、それをC群のコピー作家が文字起こしした後で人麻呂が削除し、現在の決定稿にしたことになる。この推定が正しければ、『泣血哀慟歌』の三つの歌群は、基本的にA↓B（短歌三首の第一稿）↓C（第一稿のコピー）↓B'（短歌二首の決定稿）の順で現在の形になったと考えられる。

しかしこの歌の伝来事情はさらに複雑だ。

長歌Cを結ぶ「いとしいあの子が灰になっている」の歌句は火葬後の遺骨を思わせるが、わが国の火葬は文武《もんむ》四年（700）の僧道昭にはじまるという。人麻呂の妻の正確な没年はわからないが、忘れ形見の幼な児を抱いて途方に暮れる姿を思えば、それは人麻呂の青年時代の出来事であり、おそらくは六八〇年代のことであろう。火葬はまだ行われていない。

だから長歌Cの結びにこの時代錯誤があるのは、民間で火葬が普通に行われるようになってから原稿が改訂されたことを示している。たぶん初演から百年や二百年は経っていただろう。『泣血哀慟歌』は世紀をまたぐ超ロングヒットだったのであり、万葉集の改訂はかなり後代になってからもまだ行われていたとわかる。古今集選者らが人麻呂を歌聖と振り仰いだのは、この作品が改訂を重ねながらお現役で演じられているのを目の当たりにした畏敬の念を含むのかもしれない。

付言すれば、人麻呂が二一六の短歌を削除してB'の決定稿にしたのは、「貴族」の身バレを防ぐためだろう。ブログやSNSにうっかり書き込んだ個人情報を、後でこっそり削除するようなものだ。これが当たっていれば、人麻呂＝上流の人＝貴族という推定の正しさを示す傍証といえる。

とはいえ長歌B'にも「ふたり我が寝し　枕付く　妻屋のうちに」の歌句があるから、庶民が見れば、そんな妻屋なんかある家に住めるのは貴族だろ、とバレてしまうのだが、『泣血哀慟歌』は宮廷サロンで紅涙をしぼった演目だから、当初の観衆は上流階級ばかりだ。庶民なら引っかかる歌句もすんなり受け入れられたのである。そこに彼らと同じ階級に属する人麻呂の身内意識のようなものが透けて見えるかもしれない。

『泣血哀慟歌』から個人情報のささやかな手掛かりさえも削除するほどわが身を律した人麻呂は、伊藤博がいうような自ら歌物語を演じる歌俳優ではなかったはずだ。俳優として公に顔出しすれば、どんなに匿しても個人情報は必ず流出する。まして『泣血哀慟歌』ほどの大ヒット作なら、鵜の目鷹の目で作者探しが行われただろう。マニアはいつの時代もそういうものだが、人麻呂は千数百年間も情報流出しなかった謎の歌聖である。人麻呂としての活動は歌の提供のみに限定し、演じる場にはいっさい関わらない姿勢を貫徹した結果であろう。人麻呂には自らの個人情報を厳しく管理する能力があったというしかない。

そこで次の三項目が加わる。

⑥亡妻は上流階級の出である
⑦覆面作家を通した
⑧情報操作・管理能力が高い

人麻呂の自伝的作品とおぼしき『泣血哀慟歌』から読み取れるプロフィールをまとめれば、次の八項目になる。

①青年期に妻と死別している
②亡妻との間に幼な児がいる
③東国と何らかの関係がある
④若いのに文使いを雇える経済力がある
⑤「妻屋」がある家（貴族の家か）で暮らした
⑥亡妻は上流階級の出である
⑦歌人としては完全な覆面作家
⑧情報操作・管理能力が高い

すなわち歌作を含む広い意味での情報活動に長じた青年貴族の貌が浮かんでくるのだ。

第七章　人麻呂はなぜ自らを『鴨山』で死なせたか

一

現実世界の人麻呂は『石見国』へ行かなかったし『鴨山』で死にもしなかった。鴨山自傷歌は、人麻呂の『硯』が生んだ嘘の物語である。私は一貫してそう述べてきた。

しかし万葉集巻二挽歌部の末尾近くには、いわゆる鴨山五首がある。万葉人は嘘をつかないという前提でこれを読めば、人麻呂は現地妻の依羅娘子が待つ石見国の自宅へ戻る途中、何らかの障りがあって鴨山の岩場で死んだ。辻褄の合わないところは多いが、ともかくそうなる。アララギの斎藤茂吉も哲学者の梅原猛も、人麻呂を嘘をつかない万葉人と信じて、旧石見国で『鴨山』探しにのめり込んだ。これが第二次世界大戦後の鴨山自傷歌解釈の大きな流れといえる。

しかし別の流れもある。折口信夫とその門下に連なる方々は、鴨山五首を事実ではなく伝承世界の歌物語と見ている。伊藤博も、鴨山自傷歌は歌俳優人麻呂が演じた石見歌劇であり、鴨山での横死は劇中死であって事実ではないとする。

折口門下に連なる桜井満は、石見国鴨山横死説に次のような強い疑義を呈している。

（前略）人麻呂終焉歌（＝自傷歌：筆者注）群についてはすでに別章に述べたが、この五首の歌にかかわる万葉の読みの問題をめぐって批判してみよう。「石見の国に在りて臨死むとするとき、自ら傷みて作る歌」とある題辞を信ずれば、行路の死であり、それは横死であったとみられる。単独の国守や国府の存在さえ疑われているような辺境の地石見国に、持統・文武朝の宮廷第一の歌人柿本人麻呂がなぜ行かなければならなかったのか。私にも石見国の下級官吏になったとはとても考えられない。梅原氏は、これを罪あって石見国に配流されたとするのであるが、いよいよ水死刑に処せられる「鴨山の岩根し枕けるわれ」が死に臨んで自ら傷みて作るという辞世の歌が、そのままどのようにして唐半島にいたという妻に伝えられたのであろうか。まさか使者が立つはずもあるまい。考えられるのは風聞であるが、磐姫皇后のお歌と伝える巻二の巻頭四首、特にはじめの二首（第五章一項参照：筆者注）と並べてみると、私には伝承歌としか考えられない。（後略）

論考は次のように結んでいる。

人麻呂終焉歌群はまさに虚実の被膜の間にあるようだ。私には人麻呂が僻遠の石見国で死に臨んで作ったという歌が、本当に伝えられる機会があったとはとても信じられないのである。しかもそれが『万葉集』の核というべき巻一・二の終わりの部分に据えられたのであるからなおさらである。この『万葉集』における位置を無視した人麻呂論であってはならないはずだ。実は五位にも達しなかったという石見国属官説も、柿本族人の伝承説も、新たな水死刑説も、この点について説得力を持たないのではなかろうか。

柿本人麻呂の死の真相はわからないが、人麻呂の死は、日本文学の歴史の上に大きな転換をもたらしているのである。『万葉集』が巻二の終りを人麻呂終焉歌群で飾ろうとしたこととその後に切継がおこなわれたことは、万葉史の大問題であるが、同時にそれは、歌が文学的動機による以前の、魂の叫びであり、心を訴えるものであった、いわば非文学と文学との境が混沌としている伝統的な歌の世界が、新しい局面、すなわち文学意識の確立から文学的な個の自覚を持った歌の世界に発展して行く時であった。この失われ行く伝統的な歌の世界に対する哀惜と憧憬から、前代第一の宮廷伶人柿本人麻呂に〈歌聖〉としての伝承が生まれたに違いない。（後略）

長々と引用させていただいたが、これは昭和五十年（1975）の学会誌に載せた論考だから、ここで述べられているのは五十年近く前の人麻呂論の動静である。しかし学界は知らず読書界においては、これ以後人麻呂について大きな動きは無いようだから、これが人麻呂論の現在地とみてさほど誤らないだろう。人麻呂に関する史料はすでに出尽くしているから、今後よほど決定的な新史料が出ない限り、現状に大きな変化はないと思われる。

私の基本的な立場は、伊藤博や桜井満と同じである。

「人麻呂終焉歌群はまさに虚実の被膜の間にあるようだ」と桜井満はいうが、世間で虚実皮膜の間といえば、それは嘘のことである。より正確にいえば、第一章で述べた通り、私はそれを人麻呂の『硯』が生んだ『仮想世界の石見国の物語』であると断定する。

そういう立場に対しては、人麻呂が鴨山で死ななかったというなら、なぜふっつり姿を消したのか、そしていつどこで死んだのか明らかにせよ、という意見が出るのは当然であろう。これについて伊藤は何も答えないし、桜井は「人麻呂の死の真相はわからない」と突き放すだけだ。

一時、柿本猨《かきもとのさる》(佐留とも)という実在の官人を人麻呂とする説が注目されたことがある。『日本古代氏族人名辞典』は、この人物についてこう記す。

柿本臣猨　かきもとのおみさる　~708　七世紀末から八世紀初めの官人。名は佐留にも作る。天武十年(681)十二月、小錦下を授けられ、同十三年十一月、朝臣の姓を賜わる。和銅元年(708)四月、卒した。柿本朝臣人麻呂と同一人物とする説があるが、人麻呂とは、明らかに別人。

日本人の家系をたどれば、たいてい源平藤橘《げんぺいとうきつ》の庶流へ行き着くというが、宗家でなく庶流なら歴史知識のある者の手に掛かれば、改竄《かいざん》はさほど難しくなかっただろうから、古史料にあるからといってただちに信じるわけにはいかない。信じるに足る傍証が必要だが、そういうものは無いようだから、人麻呂とほぼ同時代人の柿本朝臣猨は『明らかに別人』なのだろう。

しかし人麻呂=猨説が出た背景は重要である。それは鴨山以後の人麻呂を、傍証を求めて誠実に探求した結果だからだ。ひと粒の麦死なずばではないが、人麻呂がもし鴨山で死ななかったら、その後どこでどう生き、どう死んだのか、誰しももつであろうこの疑問に、精いっぱい誠実に答えようとしたひとつの結果が「人麻呂＝猨説」であるからだ。

人麻呂は「泣血哀慟歌」の長歌Aに添えた短歌二〇八で、

秋山の　黄葉を茂み　惑ひぬる　妹を求めむ　山道知らずも

と詠んでいる。秋山の満艦飾《まんかんしょく》へ迷い込んだ妻を探しにいきたいが道がわからないというのだ。人麻呂にそんな意図はなかっただろうが、後世の人麻呂探索者への挑発的なメッセージと読めなくもない。万葉集を鮮やかに彩るおれの歌は数多いが、どうだい、おれを探そうにも道がわからんだろう、と微笑っているような気がするのである。

しかし私は前章までで、山道へ分け入るとば口はいくつか示しておいた。あとは登るだけである。手はじめに、人麻呂はなぜ鴨山で自分を死なせたのか、なぜ死なせなければならなかったかを考える。

二

編纂当初の万葉集巻二挽歌部は、有間皇子の結び松挽歌ではじまり、人麻呂の鴨山自傷歌で結ばれていたと桜井満はいう。さらに『万葉集』が巻二の終わりを人麻呂終焉歌群（いわゆる鴨山五首）で飾ろうとしたこととその後に切継が行われたことは、万葉史の大問題である、というのだが、なぜそれが行われたかについては言及していない。

すでに述べた通り、万葉集に「自傷歌」は三首しかない。詠者は斉明四年（６５８）刑死の有間皇子、朱鳥元年（６８６）刑死の大津皇子、そして没年不明の一般人人麻呂である。

有間と大津は公的記録の『日本書紀』が処刑日を書き留めたＶＩＰであり、彼らがその日に刑死＝異常死したことに疑問の余地はない。万葉集は、人麻呂を有間・大津と並ぶ自傷歌の詠者と位置づけ、巻二挽歌部劈頭《へきとう》の有間皇子自傷歌と対置すべき巻末に、人麻呂自傷歌群の鴨山五首を据える特別待遇を与えている。すなわち人麻呂も「異常死したＶＩＰ」という印象操作を行っている。ヨイショしているのである。

鴨山五首を再掲しよう。

柿本朝臣人麻呂在石見國臨死時自傷作歌一首

二二三　鴨山之　磐根之巻有　吾乎鴨　不知等妹之　待乍将有

柿本朝臣人麻呂死時妻依羅娘子作歌二首

二二四　且今日、、、　吾待君者　石水之　貝尓交而　有登不言八方

二二五　直相者　相不勝　石水尓　雲立渡礼　見乍将偲

丹比真人擬柿本朝臣人麻呂之意報歌一首

二二六　荒浪尓　縁来玉乎　枕尓置　吾此間有跡　誰将告

或本歌曰

二二七　天離　夷之荒野尓　君乎置而　念乍有者　生刀毛無

右一首歌作者未詳但古本以此歌載於此次也

柿本朝臣人麻呂、石見の国に在りて死に臨む時に、自ら傷みて作る歌一首

〔二二三〕鴨山の　岩根しまける　我れをかも　知らにと妹が　待ちつつあるらむ

（鴨山の岩を枕に死にかけている私なのだ。愛しい妻はそうとは知らずに、今か今かと待ちわびてるんだろうなぁ）

柿本朝臣人麻呂が死にし時に、妻依羅娘子が作る歌二首

〔二二四〕今日今日と　我が待つ君は　石川の　貝に交りて　ありといわずやも

（今か今かとお帰りを待ち焦がれているあなたは、石川の貝に交じっているというじゃありませんか）

〔二二五〕直の逢ひは　逢ひかつましじ　石川に　雲たち渡れ　見つつ偲はむ

（じかにお逢いするのは、とても無理でございましょう。せめて雲よ、石川に立ち渡っておくれ。それを見ながら、あなたをおしのびしましょう）

丹比真人、柿本朝臣人麻呂の意に擬へて報ふる歌一首

〔二二六〕荒波に　寄り来る玉を　枕に置き　我ここにありと　誰れか告げなむ

（荒波に寄せられて来る玉、その玉を枕辺に置いて私がこの浜辺にいると、誰が告げてく

れたのであろうか）

〔二二七〕天離《あまさか》る　鄙《ひな》の荒野《あらの》に　君を置きて　思いつつあれば　生けるともなし

（遠い片田舎の荒野にあの方を置いたままで思いつづけていると、生きた心地もしない）

右の一首の歌は、作者未詳。ただし、古本《こほん》この歌をもちてこの次《つぎて》に載す

万葉集に三首しかない『自傷歌』は、それぞれ四首ずつの追和歌を従えて歌群を形成している。この構成を見るだけで、明らかにＶＩＰ待遇である。巻二挽歌部の編纂者は、歌聖とはいえあくまでも一般人身分の人麻呂を、皇位継承の有力候補者でありながら姦計によって非業の死を遂げた二人の皇子と同列のＶＩＰとして、腫れ物にさわるように遇しているのだ。

不自然というしかない。

結局、人麻呂がそもそもＶＩＰ待遇にふさわしい高い身分でなければ、こんなことは起こらないだろう。ヨイショなどされようはずもない。

鴨山自傷歌の追和歌四首をつくづく眺めると、漢詩に倣った起承転結の構成であると、あらためて気づく。短歌をこの形式の歌群に仕立てた家元は人麻呂だからさほどの不思議はないのだが、起承転結に留意して四首を読むと、この追和歌群が人麻呂の死をしゃにむにゴリ押ししていることに気づくのだ。

人麻呂の死は有間や大津と異なり日本書紀の傍証がない。すなわち万葉集がいくら力もうが、人麻呂鴨山客死の信憑性は二人の皇子ほどには高くない。だから追和歌が、人麻呂は死にました、確かに

死にました、本当に死んだよ、間違いなく死んだねと、辻褄合わせを度外視してくどくど念押ししているのだ。明らかな情報操作である。

なぜそうまでする必要があったのか。

それは人麻呂が歌人の衣装を脱ぎ捨て、宮廷を支える青年官僚として現実世界へ踏み出すときが迫っていたからだ。とうぜん歌聖人麻呂は消滅せねばならない。このけた外れの才能をもつ人物が巻二挽歌部の掉尾《とうび》にのこした鴨山五首は、人麻呂が数々の虚構の物語を生み出した『硯』に蓋《ふた》をする前についたさいごの嘘であり、歌の世界と決別する遺言だったのである。何を突飛なことをと苦笑されるかもしれないが、それは第一の追和歌二二四の原文表記を見れば納得できるだろう。

二二四　且今日〻〻　吾待君者　石水之　貝尓交而　有登不言八方

わたしが待ちこがれるあなたは「石水之　貝尓交而」、すなわち『石』字と『貝』字をつなぎ合わせた仮想の『硯』、その『硯之水尓交而《すずりのみずにまじりて》』いらっしゃるんですよ、というのである。硯が生んだ『人麻呂』という人格の虚構性をこれほど端的に示した表現はあるまいが、こういう視点は万葉歌を原文で読むことでしか得られない。それは人麻呂が自傷歌を詠んだとされる『鴨山』についてもいえるのである。『鴨山』が常陸国の霊峰筑波山を下敷きに構想された仮想の山らしいのはすでに述べた通りだが、人麻呂がここをみずからの死に場所と定めたのは、死者の霊が特定の山へ鎮まる古代の山岳信仰を踏まえてのことである。

下北半島にある恐山菩提寺院代《ぼだいじいんだい》の方が平成も後半になってから書かれた文章に、「ばあちゃんは御山にいる」ということを、当然としている人々が（御山＝恐山へ：筆者注）やって来るのです、とあるが、人麻呂の時代には死者の霊が行く御山《おやま》は各地にあっただろう。泣血哀慟歌に出てくる「羽がひの山」や「引手の山」もそうかもしれない。そして人麻呂の『硯』が生んだ『鴨山』も、明らかにこのたぐいの霊山である。だからここへ帰り着いた人麻呂は、すでに霊魂なのだ。霊魂でなければ帰り着けない山なのである。それは後代の人々にはわからなくなっていたが、万葉人にはおそらく自明であった。

傍証をあげよう。

『……かも』という助詞の表記に『鴨山』の『鴨』字を用いた歌が、最古の成立とされる万葉集巻一・巻二の『雑歌』『相聞』『挽歌』の三大部立に、それぞれどれほどの頻度で現れるかを見る。『鴨山』は死者の霊が帰り着く山であるという仮定に従えば、助詞の『鴨』字は不吉を暗示するから、死を扱った『挽歌』に最も多く現れるはずである。正宗敦夫《まさむねあつお》編『萬葉集総索引　単語篇』（平凡社）によってこの推定の可否を検討しよう。

同書によれば、助詞『鴨』字は『雑歌』全八十四首のうち二首、三八・八一番歌で使われる。すなわち『雑歌』における使用比率は、およそ2・4％。

ちなみに三八番歌は、人麻呂が吉野を賛美した二十九句からなる長歌である。その結句が「山川も依りて仕ふる　神の御代かも」。原文表記は「山川母　依弖奉流　神乃御代鴨」である。この『鴨』字に不吉さはなく、吉野の異界性、神聖性を強調するために使われたように思える。

次の三九番歌は反歌で「舟出《ふなで》せすかも」と結ぶ。こちらの「かも」は「舟出為加母」の表記で『鴨』字は使わない。当然の配慮であろう。

もう一例の八一番歌は、長田王《ながたのおおきみ》が和銅五年（７１２）に詠んだ短歌で、「神風《かむかぜ》の　伊勢処女《いせおとめ》ども相見つるかも」と結ぶ。表記は「神風乃　伊勢處女等　相見鶴鴨」。この『鴨』字も三八番歌と同じで、伊勢の神聖性を強調するために使われたのだろう。

次の『相聞』では、全五十六首のうち、九八・一一一・一三四番歌の三首で『鴨』字が使われる。『相聞』における使用比率は、およそ５・４％。

『挽歌』は、予想通り多い。全九十三首のうち、一四三・一四九・一七四・一七九・一八一・一八五・一八六・一八八・一九一・一九四・一九六・一九九・二〇〇・二二三・二三四の計十五首で使われている。すなわち『挽歌』における助詞『鴨』字の使用比率はおよそ16％で、他の二大部立を圧倒している。

人麻呂の鴨山自傷歌二二三は、この翳《かげ》の濃い『鴨』字を重複使用することで、みずからの死をダメ押ししている。二十文字表記のうちの二文字だから、やり過ぎといえなくもないが、なりふりかまわず自分の死を世間に認知させようとしたのである。力づくの情報操作だが、首尾よく有間皇子、大津皇子と並ぶＶＩＰ死者の列へ割り込むことができた。それも挽歌部を飾る結びの一首の詠者として。万葉集巻二挽歌部におけるこの位置どりは、人麻呂が自らに与えた最高の栄誉だったのである。

結局、鴨山五首は万葉人に『人麻呂』の死を公認させるために編まれた歌群である。万葉集がその死を追認したことで万葉の歌聖柿本人麻呂は消滅し、その死に灰の中から、かつて大津皇子と磐余池の堤で国家の将来を論じ合った青年官僚が、いよいよ現実世界へ姿を現すのだ。

しかし彼について語る前に、依羅娘子について述べねばならない。この人麻呂の石見妻はむろん現実世界の女性ではないが、そのひたすらボケまくるキャラの濃さは圧倒的である。

私たちはこれまでに、人麻呂の周到としかいいようのない情報操作をいくつも見てきた。そのような情報の鬼才である人麻呂が、ただボケまくるだけの単純な女性キャラを造形し、石見国限定とはいえ自らの妻の座に据えたと考えるのは無理がある。万葉集は明らかにしないが、依羅娘子にはおそらく隠された別の性格があるはずで、それはこの石見妻がいわゆるトリックスターである可能性を疑わせる。

トリックスターとは、賢者と愚者、善と悪、破壊と創造といった対立する両面をあわせもつ複雑な存在である。その本質的な矛盾ゆえに往々にして悪戯《いたずら》好きとされることが多いようだが、依羅娘子はたんなるボケキャラでなく、本当にトリックスターの列に連なるような複雑な人格なのか。

次章で考える。

第八章　依羅娘子・人麻呂夫妻とは何者か

一

第一章で、依羅娘子は人麻呂の嘘の相方であると述べたが、その詳細な人物像には踏み込まなかった。この章で、あらためて人麻呂の石見現地妻を称するこの女性について検証する。

依羅娘子の万葉集初登場は、巻二『相聞』部の掉尾に据えられた、いわゆる「石見相聞歌」と呼ばれる長大な歌篇である。

しかし彼女の名前は、当初は明かされない。題辞に素っ気なく「妻」と書かれるだけだ。ひとつの題辞のもとに長大な二群の歌篇があり、さらに或本の歌が続く三群構成は『挽歌』部の「泣血哀慟歌」とまったく同じである。時系列的には、明らかに「泣血哀慟歌」→「石見相聞歌」であり、後者は前者の基本スタイルを踏襲して詠まれたはずである。おそらく人麻呂が「泣血哀慟歌」と同じような感動的純愛巨編制作を求められ、それに応じた作品と思えるが、誰の要請かは明らかでない。

こちらもかなり長いので、「泣血哀慟歌」と同じくＡＢＣの三群にわけて扱う。一三一～一三九の歌群であり、一四〇に依羅娘子の答歌を置いて相聞の形になる。

柿本朝臣人麻呂従石見國別妻上来時歌二首并短歌

（A群）

一三一　石見乃海　角乃浦廻乎　浦無等　人社見良目　潟無等　人社見良目　能咲八師
浦者無友　縦畫屋師　潟者無鞆　鯨魚取　海邊乎指而　和多豆乃　荒礒乃上尓
香青生　玉藻息津藻　朝羽振　風社依米　夕羽振流　浪社来縁　浪之共　彼縁此
依　玉藻成　依宿乃妹乎　露霜乃　置而之来者　此道乃　八十隈毎　萬段　顧為
騰　弥遠尓　里者放奴　益高尓　山毛越来奴　夏草之　念思奈要而　志怒布良武
妹之門将見　靡此山

反歌二首

一三二　石見乃也　高角山之　木際従　我振袖乎　妹見都良武香

一三三　小竹之葉者　三山毛清尓　乱友　吾者妹思　別来礼婆

或本反歌曰

一三四　石見尓有　高角山乃　木間従文　吾袂振乎　妹見監鶴

柿本朝臣人麻呂、石見國より妻に別れて上り来る時の歌二首并せて短歌

〔一三一〕石見の海　角の浦みを　浦なしと　人こそ見らめ　潟なしと　人こそ見らめ　よ
しゑやし　浦はなくとも　よしゑやし　潟はなくとも　鯨魚取り　海辺を指して

和田津の　荒礒の上に　か青く生ふる　玉藻沖つ藻　朝羽振る　風こそ寄らめ
夕羽振る　波こそ来寄れ　浪の共　か寄りかく寄る　玉藻なす　寄り寝し妹を
露霜の　置きてし来れば　この道の　八十隈ごとに　万たび　かへり見すれど
いや遠に　里は離りぬ　いや高に　山も越え来ぬ　夏草の　思ひ萎へて　偲ふ
らむ　妹が門見む　靡けこの山

（石見の海、その角の入江を、よい浦がないと人は見もしよう、よい潟がないと、人は見もしよう。けれども、たとえよい浦はないにせよ、よい潟はないにせよ、鯨漁をする、この角の海辺をめざしては、和田津の荒磯のあたりに青々と生い茂る美しい沖の藻、その藻に、朝に立つ風が寄ろう、夕に揺れ立つ波が寄ってくる。その寄せる風波のままに寄り添い寝た愛しい子であるのに、その大切な子を、冷え冷えとした露の置くように置き去りにして来たので、この行く道の曲がり角ごとに、幾度も幾度も振り返って見るけれど、あの子の里はいよいよ遠ざかってしまった。いよいよ高く山も越えて来てしまった。強い日差しで萎んでしまう夏草のようにしょんぼりして私を偲んでいるであろう、その愛しい子の門を見たい。邪魔だ、靡け、この山よ。

反歌二首

〔一三二〕石見のや　高角山《たかつのやま》の　木の間より　我が振る袖を　妹《いも》見つらむか
（石見の、高角山の木の間から名残を惜しんで私が振る袖、この袖をあの子は見てくれただろうか）

〔一三三〕笹の葉は　み山もさやに　さやげども　我《わ》れは妹思《いもおも》ふ　別れ来ぬれば

（笹の葉は山肌一面にそよいでいるが、私は一途にあの子のことを思う。別れて来てしまったので）

或本反歌曰

〔一三四〕石見にある　高角山の　木間《このま》ゆも　我が振る袖を　妹見けむかも

（石見にある高角山の木の間越しにも私は名残の袖を振った。あの子は見てくれただろうか）

（B群）

一三五　角障經　石見之海乃　言佐敝久　辛乃埼有　伊久里尓曽　深海松生流　荒礒尓曽　玉藻者生流　玉藻成　靡寐之兒乎　深海松乃　深目手思騰　左宿夜者　幾毛不有　延都多乃　別之来者　肝向　心乎痛　念乍　顧為騰　大舟之　渡乃山之　黄葉乃　散之乱尓　妹袖　清尓毛不見　嬬隠有　屋上乃山乃　自雲間　渡相月乃　雖惜　隠比来者　天傳　入日刺奴礼　大夫跡　念有吾毛　敷妙乃　衣袖者　通而沾奴

反歌二首

一三六　青駒之　足掻乎速　雲居曽　妹之當乎　過而来計類

一三七　秋山尓　落黄葉　須臾者　勿散乱曽　妹之當将見

〔一三五〕つのさわふ　石見の海の　言さへく　唐の崎なる　海石にぞ　深海松生ふる　荒磯にぞ　玉藻は生ふる　玉藻なす　靡き寝し子を　深海松の　深めて思へど　さ寝し夜は　幾時もあらず　延ふ蔦の　別れし来れば　肝向ふ　心を痛み　思ひつつ　かへり見すれど　大船の　渡の山の　黄葉の　散りの乱に　妹が袖　さやにも見えず　妻ごもる　屋上の山の　雲間より　渡らふ月の　惜しけども　隠らひ来れば　天伝ふ　入日さしぬれ　ますらをと　思へる我れも　敷栲の　衣の袖は　通りて濡れぬ

（石見の海の唐の崎にある暗礁にも深海松は生い茂っている。荒磯にも玉藻は生い茂っている。その玉藻のように私に寄り添い寝た愛しい子を、その深海松のように深く深く思うけれど、共寝した夜はいくらもなく這う蔦の別れるように別れて来たので、心痛さに堪えられず、ますます悲しい思いにふけりながら振り返って見るけれど、渡りの山のもみじ葉が散り乱れて妻の振る袖もはっきりとは見えず、そして屋上の山の雲間を渡る月が名残惜しくも姿を隠して行くように、ついにあの子の姿が見えなくなったその折しも、寂しく入日がさして来たので、ひとかどの男子だと思っていたこの私も、衣の袖、あの子との思い出のこもるこの袖は、涙ですっかり濡れ通ってしまった）

反歌二首

〔一三六〕青駒《あおこま》が　足掻《あが》きを速《はや》み　雲居《くもい》にぞ　妹《いも》があたりを　過ぎて来にける
（この葦毛の脚がいたずらに速いから、あの子が住むあたりは、もう雲のずっと向こうへ遠ざかってしまった）

〔一三七〕秋山に　落つる黄葉《もみじば》　しましくは　な散り乱《まが》ひそ　妹《いも》があたり見む
（秋山に降り落ちるもみじ葉よ、ほんのしばしでいい、散り乱れてくれるな。あの子が住むあたりを見たいのだ）

（C群）

或本歌一首併せて短歌

一三八　石見之海　津乃浦乎無見　浦無跡　人社見良米　滷無跡　人社見良目　良咲八師
浦者雖無　縦恵夜思　滷者雖無　勇魚取　海邊乎指而　柔田津乃　荒礒乃上尓
蚊青生　玉藻息都藻　明来者　浪己曽来依　夕去者　風己曽来依　浪之共　彼
依此依　玉藻成　靡吾宿之　敷妙之　妹之手本乎　露霜乃　置而之来者　此道之
八十隈毎　萬段　顧雖為　弥遠尓　里放来奴　益高尓　山毛超来奴　早敷屋師
吾嬬乃兒我　夏草乃　思志萎而　将嘆　角里将見　靡此山

反歌一首

一三九　石見之海　打歌山乃　木際従　吾振袖乎　妹将見香

右歌躰雖同句〻相替因此重載

或る本の歌一首

〔一三八〕石見の海　津の浦をなみ　浦なしと　人こそ見らめ　潟なしと　人こそ見らめ　よしゑやし　浦はなくとも　よしゑやし　潟はなくとも　鯨魚取り　海辺を指して　和田津の　荒磯の上に　か青く生ふる　玉藻沖つ藻　明け来れば　波こそ来寄れ　夕されば　風こそ来寄れ　波の共　か寄りかく寄り　玉藻なす　靡き我が寝し　敷栲の　妹が手本を　露霜の　置きてし来れば　この道の　八十隈ごとに　万たび　かへり見すれど　いや遠に　里離り来ぬ　いや高に　山も超え来ぬ　はしきやし　我が妻の子が　夏草の　思ひ萎へて　嘆くらむ　角の里見む　靡けこの山

(石見の海、この海には船を泊める浦がないので、よい浦がないと人は見もしよう、よい潟がないと人は見もしよう、が、たとえよい浦はなくても、よい潟はなくても、鯨漁をするこの海辺をめざして、和田津の荒磯のあたりに青々と生い茂る美しい沖の藻、その藻に、朝になると波が寄って来る、夕方になると風が寄って来る。その風浪のまにまに寄り伏し寄り伏しする玉藻のように寄り添い寝た愛しい子なのに、その子を露霜の置くように、あとに捨て置いて来たので、この行く道の多くの曲がり角ごとに幾度も幾度も振り返って見るけれど、いよいよ遠く妻の里は遠のいてしまった。いよいよ高く山も越

えて来てしまった。いとおしいわが妻が夏草のようにしょんぼりして嘆いているであろう、その角の里を見よう。靡け、この山よ）

反歌一首

〔一三九〕石見の海　打歌《うつた》の山の　木《こ》の間《ま》より　我《わ》が振る袖を　妹《いも》見つらむか

（石見の海辺の打歌の山の木の間から私が振る袖、この袖を、あの子は見てくれただろうか）

右は、歌の躰《すがた》同じといへども、句々相替《あいかわ》れり。これに因《よ》りて重ねて載《の》す。

これに依羅娘子の答歌が続き『石見相聞歌』は結ばれる。

ここで初めて、人麻呂の石見妻＝依羅娘子と明かされるのだ。さてしんがりに控えしは、の口上が聞こえそうである。これをいわゆるラスボス級の大物待遇と見るのは、私だけではないだろう。

石見相聞歌によれば、依羅娘子宅は石見国の角里《つののさと》にあったらしい。「石見の海　角の浦みを　浦なしと　人こそ見らめ　潟なしと　人こそ見らめ」というから、そこは山裾の、いまにも海へ沈み込みそうな狭隘な土地で、辺境の石見でもさらに辺鄙な土地であったと思われる。

『石見の人麻呂』（都筑省吾・河出書房新社）は一冊丸ごと石見国の人麻呂を探求した労作だが、それでも角里はどこだか知れないという。

私が思うに、人麻呂の石見国はそもそも嘘だから、角里の所在不明は当然だが、人麻呂の嘘には必ず何がしかの根拠があるから、この『角里』は、「商山四皓《しょうざんしこう》」の隠者『角里先生《ろくりせんせい》』から導いたのではなかろうか。

四皓とは、秦の始皇帝の迫害を逃れて商山へ隠れ棲んだ白鬢白眉《はくびんはくび》の隠者四人で、東園公《とうおんこう》、綺里季《きりき》、夏黄公《かこうこう》、角里先生《ろくりせんせい》だが、嘘の石見国『角里』は、おそらくさいごの「角里先生」が典拠だろう。隠者に拠るのだから、そこが辺境の隠れ里になるのは当然である。

そういう土地に棲んだ依羅娘子は、人麻呂との別れに際して、こう嘆くのである。

柿本朝臣人麻呂妻依羅娘子与人麻呂相別歌一首

一四〇　勿念跡　君者雖言　相時　何時跡知而加　吾不戀有年

柿本朝臣人麻呂が妻依羅娘子、人麻呂と相別《あいわか》るる歌一首

〔一四〇〕な思ひと　君は言へども　逢はむ時　いつと知りてか　我《あ》が恋ひずあらむ

（そう思い悩むなよ、とあなたはおっしゃいますが、この私は、今度お逢いできるのはいつと知って、恋い焦がれずにいればよろしいのですか）

うんうん、現地妻の気持ちはそうだよね、とうなずきたくなるが、これは依羅娘子の大ボケなのだ。人麻呂が「な思ひ」といった歌句は、長歌のどこにも見えないのである。いわば空耳への大真面目な答歌で、そんなものにかなり出来のよい歌を詠むのはピンボケ以外の何物でもない。しかし私たちは、

鴨山の岩場で死んだはずの人麻呂を、石川で溺死扱いするトンチンカンな依羅娘子をすでに見ているから、ああ、やはり、と思うだけである。ここでは『相聞』と『挽歌』の部立を乗り越えて、依羅娘子の不思議ちゃんぶりが一貫していることに注目すべきだろう。

彼女の性格はとかくゾレがちな現実の女性のそれではなく、戯作者の脳内であらかじめ周到に組み立てられたものである。人麻呂がそれをどこかの高みから操作しているからこそ、彼女の行動の奇妙さに一貫性があるのだ。

「石見相聞歌」と「泣血哀慟歌」は基本構成が同じだから、どうしても内容を較べてしまうが、歌心とは無縁の私が見ても、「石見相聞歌」はあまり出来のよい歌とは思えない。

大和の若妻との死別を扱った「泣血哀慟歌」は、歌の長さを感じさせない迫力と緊張がみなぎる傑作だと思うが、石見妻との生別を扱った「石見相聞歌」は、短歌ですむ素材を無理やり長歌に引き伸ばしたような、どこか冗漫で通俗的な感じが否めない。それはおそらく、人麻呂が宮仕えの女官たち、不特定多数の采女《うねめ》ウケを意識して「石見相聞歌」をこしらえたからだろう。人麻呂個人の魂の救済をめざした「泣血哀慟歌」とは、そもそも歌の成り立ちが違うのである。

「石見相聞歌」の題辞は、「柿本朝臣人麻呂従石見國別妻上来時歌」とだけ書いて「妻」の名前を明かさない。うら若き采女らが、その無名妻に自分の名前を上書きして感情移入できる仕掛けになっているのだ。顔の部分をくりぬいた観光客向けの記念撮影用パネルがあるが、あれと同じである。あえて妻の名前を書かないことで、不特定多数の采女が、名無し妻をわが身に引きつけて劇中へ入り込める造りなのだ。最初から徹底的に大衆迎合をめざした構成といってよい。

伊藤博は、采女はすべて美人であった、という。諸国の郡少領（郡の次官）以上の者の、姉妹、子女のなかから美女を選りすぐった女性たちだからである。

彼女らはただ天皇にのみかしずくことを求められ、他の男に思いを寄せるなどあってはならなかった。もとより地方出の彼女らに、明日香に知友などあるはずもない。そのような籠の鳥の孤独をわずかに慰めたのが、宮廷伶人の楽や舞い、歌劇であったと思われる。

故郷を遠く離れた傷心の娘たちがもっとも歓迎したのは、おそらく恋愛がらみの歌物語であっただろう。そのような受容層の好みに迎合すれば、物語は通俗的でわかりやすいほどよい。必然的にお涙頂戴の生き別れ劇になるのであり、それを人麻呂節で厚化粧したのが「石見相聞歌」であったと思われる。すなわち「石見相聞歌」に、先行する「泣血哀慟歌」と同じスタイルを求めたのは、歌の受容者たる宮廷の采女たちだったことになる。

すると一四〇の「な思ひと　君は言へども」の答歌は、依羅娘子個人の心情ではなく、観衆である不特定多数の采女らの総意だといえる。そのような不特定多数が共感できる決め台詞的な短歌だからこそ、一対一対応する歌句が人麻呂の長歌にないのだ。

采女たちの若さと美貌を思えば、故郷に言い交わした男がなかったはずはない。その故郷の男たちは、足取り重く大和へ向かう彼女らを「そう思い悩むなよ。仕方ないことだ」と慰めただろう。彼女たちは後ろ髪を引かれながら明日香へやって来たのである。人麻呂が依羅娘子に仮託した「な思ひと」の歌は、彼女たちの切ない心情に寄り添うものであった。だからこそ「石見相聞歌」は、歌としての出来不出来を超えて空前のヒット作となったのである。いわゆるファンが育てた大ヒットというやつだ。

ここで、依羅娘子が相反する二面性を併せもつトリックスターのような人物ではないか、という当初の想定に戻ろう。

この見立てが当たっているとすれば、その一面は明らかに「石見相聞歌」観客の采女たちの属性である「若さゆえの愚かしさ」である。だから依羅娘子はあっけらかんとボケられる。すると対立するもう一面は、自動的に「老いゆえの老獪さ」となる。だから彼女はきわめて計算高く、狡猾である。

「石見相聞歌」はそんな相反する両面をあわせもつ依羅娘子像をあぶりだすが、現実の明日香宮廷にそのような女性はいたのだろうか。

二

人麻呂の石見妻である『依羅娘子』は、『硯』字を左右に分割してこしらえた仮想の『石見国』の住人である。『石見国』のコンセプトは、ある文字の分割または結合による新たなイメージの創出だから、『依羅』もこれに準じている可能性がある。

『依』字は『人』と『衣』に分割できる。『衣の人』ということだが、衣は誰でも着るから、これは『衣』字を連想させる『人』のことだと考えられる。むろん『女性』に限る。

するとただちに次の有名な歌が想起されるだろう。

〔二八〕春過ぎて　夏来たるらし　白妙《しろたえ》の　衣《ころも》干《ほ》したり　天《あめ》の香《か》具《ぐ》山《やま》

持統天皇

（いまや、春が過ぎて夏がやって来たらしい。あの香具山に、真っ白い衣が干してあるよ）

万葉集巻一・二に歌が載る、人麻呂と同時代人と思われる女性歌人は、持統天皇、阿閉皇女《あへのひめみこ》、大伯《おおくの》皇女《ひめみこ》、誉謝女王《よざのおおきみ》、舎人娘子《とねりのおとめ》、元明天皇、御名部皇女《みなべのひめみこ》、巨勢郎女《こせのいらつめ》、藤原夫人《ふじわらのぶにん》、但馬皇女《たじまのひめみこ》、石川夫人《いしかわのぶにん》の十一人で、このうち『衣』字をもつ歌を詠んでいるのは、先にあげた二八番歌の持統天皇であり、この方は七九番長歌でも『衣』字を詠み込んでいる。他には一五〇番歌に『衣』字があるが、詠者は采女の誰かと思われる姓氏未詳の『婦人』だから、結局、該当者は持統天皇しかいない。

そこで持統天皇が『衣の人』候補になるが、この見解を強力に後押しするのが『羅』字である。持統天皇の幼名にこれが使われているのだ。

『日本古代氏族人名辞典』にこうある。

持統天皇　じとうてんのう　六四五―七〇二　称制六八六―六九〇、在位六九〇―六九七。七世紀末の女帝。天智天皇の第二皇女。（中略）和風諡号は初め大倭《おおやまと》根《ね》子《こ》天《あま》之《の》広《ひろ》野《の》日《ひ》女《め》尊、次いで高天原広野姫《たかまのはらのひろのひめ》天皇。第四十一代に数えられる。鸕野讃良《うののさらら》皇女・鸕（菟）野皇女・沙羅羅皇女にも作る（後略）

さいごの『沙羅羅皇女《さららのひめみこ》』の表記に『羅』字が重複する。『羅の人』の当確度は他者の倍だ。すると『衣』字から想起される人物は持統天皇であり、『羅』字が導き出す人物もまた持統天皇だから、それを結合した『依羅娘子』は、どうしても持統天皇にならざるを得ない。すなわち人麻呂が虚構の石見国に住まわせた現地妻の『依羅娘子』は、持統女帝の分身《アバター》ということになる。

しかしこの想定が成り立つには、持統天皇御製の二八番歌が『石見相聞歌』に先んじて詠まれていなければならない。でないと依羅娘子の『依』字が二八番歌による、というのが時代錯誤になるからだ。石見相聞歌の作歌年次は不明である。伊藤博は持統十年（６９６）頃かと推定しているが、これは人麻呂が地方官として石見に在住したのを持統七年（６９３）～十年と推定しての見解だから、人麻呂はそもそも石見の地方官ではないという私説の立場からは首肯できない。

ではもう一方の、持統天皇の二八番歌はいつ詠まれたのか。

藤原宮御宇天皇代

天皇御製歌

二八　春過而　夏來良之　白妙能　衣干有　天之香來山

天皇の御製歌

〔二八〕春過ぎて　夏来たるらし　白妙の　衣干したり　天の香具山

（いまや、春が過ぎて夏がやって来たらしい。あの香具山に、真っ白い衣が干してあるよ）

作歌年次を示す左注はない（おそらく故意に除いたのであろう）から、称制の四年間を含む持統朝（６８７～６９７）のいつの歌とも知れないが、私は女帝が即位した持統四年（６９０）に披露された歌だと考える。それはこの二八番歌に、帝王の四時順行思想の投影を指摘する大浜厳比古《おおはまいつひこ》説があるからだ。（『万葉幻視考』大浜厳比古・集英社）

大浜は二八番歌には春夏秋冬（東西南北）と天地が詠み込まれているとする。

歌句と四時天地の対応は次のようになる。

春　　夏　　秋　　冬

二八　春過而　夏來良之　白妙能　衣干有　天之香來山

東　　南　　西　　天　北　地

四時天地に対応する文字が整然と詠み込まれているのがわかるが、「香具山」が「冬」というのは説明が必要で、これは香具山を真北に望む天武天皇の飛鳥浄御原宮《あすかきよみはらみや》で詠まれた歌だからだ、という。

高松塚古墳壁画に描かれているように、古代の東南西北には、それぞれの方位を守護する霊獣が割り当てられていた。蒼龍《そうりゆう》（東＝春）、朱雀《すざく》（南＝夏）、白虎《びやつこ》（西＝秋）、玄武《げんぶ》（北＝冬）で、玄武は北の方位を守護し冬の意味をあわせもつ。それゆえ飛鳥浄御原宮から真北に望む香具山は、玄武＝冬になるのだ。

持統天皇はその八年（６９４）十二月六日に、飛鳥浄御原宮から藤原京へ遷られた。遷都は名実ともに新王朝の幕開けだから、本格的な持統王朝はここからはじまる。
二八番歌の標題には『藤原宮《ふじわらのみや》御宇《にあめのしたしらしめす》天皇代《すめらみことのみよ》』とあるから、公的には藤原京遷都後の詠の扱いだが、二八番歌の四時順行説が成り立つには、持統天皇が香具山を北に望む飛鳥浄御原宮におられた持統八年以前にこれを詠んでいなければ時代錯誤になる。その期間の前半にあたる持統元年（686）～三年（689）はまだ鸕野皇后《うののきさき》で、先帝の皇后の立場だから、天皇として四時順行を寿ぐ二八番歌を満を持して披露したのは、持統四年（690）一月一日即位時の、飛鳥浄御原宮であったと考えるのがもっとも自然である。

結局、二八番歌は、持統天皇が飛鳥浄御原宮にとどまっていた持統元年（686）～三年（689）の間に構想され、完成したと考えられるだろう。したがって人麻呂が二八番歌をふまえて「石見相聞歌」を詠んだとすれば、それは常識的には鸕野皇后が飛鳥浄御原宮で即位し、持統天皇となった持統四年（690）一月一日以後のことになるが、奥行きがきわめて深い二八番歌の構想から完成までを一年程度と見れば、「石見相聞歌」の作歌年次は持統三年（689）の飛鳥浄御原宮時代へ容易にさかのぼる。

このとき人麻呂は確かに明日香にいた。日並皇子尊（＝草壁皇子・持統三年四月十三日薨去）の殯宮《あらきのみや》に人麻呂が献じた長歌と反歌二首が、巻二挽歌部に収められているからだ。これが作歌年次が確認できる人麻呂のもっとも古い歌で、むろん依頼者は草壁皇子実母の持統称制天皇である。

持統と人麻呂の間には、母親がわが子の殯宮でもっとも重要と位置づける挽歌を依頼し・されるだけの確固たる信頼関係がすでにあったのだ。そのような関係は、しかも称制とはいえ天皇との関係は、一朝一夕でできはしないから、二人の関係はこれよりずっと以前に始まっていたはずである。だとすれば、人麻呂が天の香具山の二八番歌か、その元歌によって『依羅娘子』を造形し、『石見相聞歌』を詠んだと見ても、時系列的な問題はない。依羅娘子はやはり持統女帝の分身の可能性がきわめて高いのである。

この見解を補佐するように思えるのが、二八番歌の解釈である。

この歌はガラスベルのような晴朗な響きで読む者を魅了し、従来あまり深く読み解かれることがなかった。アララギの歌人らは、印象派の風景画を思わせる清冽な一首である、などとのんきに称揚するだけだ。パリのオルセー美術館所蔵のモネ作「パラソルの女」を念頭に置いたかのような評言である。これはふんわりした夏の白いロングドレスの若い女が、パラソルをさして、さわやかな初夏の風に吹かれながら草原にたたずんでいる、その一瞬を切り取った、これぞ印象派と膝を打ちたくなるような画だが、しかしきわめて奥深く重厚なつくりの二八番歌を、登場人物がいまにもスキップし出しそうなこの画と同列に論じてよかろうはずがない。

二八番歌は、天武天皇の浄御原宮で構想され、持統天皇の即位時に満を持して披露された帝王の即位宣言である。天武帝から持統帝へ権力が遷ったのを民草に宣言する歌だから、冒頭の「春過ぎて」は、「春＝おだやかな天武王朝」が終わったことを告げている。二句の「夏来たるらし」は、持統王朝の燃えるような熱い治世がこれから始まるのだ、と宣言している。三句以降は、自分は真っ白い神衣を神山「天の香具山」へ捧げるような新たな気持ちで政治にあたるぞ、という激烈な決意表明に他ならない。さわやかな初夏のスナップショットなどでは断じてないのである。この歌からも、天武と持統のリアルな性格と力関係が読み取れるだろう。壬申の乱を勝ち抜いたとはいえ、天武の本質はおだやかな春であり、背後でそれを支えた持統は、燃え盛る夏そのものである。持統が天武崩御後ただちに邪魔者の大津皇子を排除し、草壁皇子薨去後には前のめりで天皇位についたのは、必然といえるだろう。

そのように考えると石見相聞歌への依羅娘子の答歌、

〔一四〇〕な思ひと　君は言へども　逢はむ時　いつと知りてか　我《あ》が恋ひずあらむ

（そう思い悩むなよ、とあなたはおっしゃいますが、この私は、今度お逢いできるのはいつと知って、恋い焦がれずにいればよろしいのですか）

は、自分はこのままおとなしく引っ込んでたりするもんか、逢えないというなら、こっちから押しかけてでも逢ってやるぞ、というような強烈な意思を腹蔵しているようにも読める。仁徳天皇皇后の磐姫を彷彿させる激しさである。一見殊勝妻で、実は猛妻。依羅娘子はやはりトリックスターであったといえるだろう。

天武・持統朝は、国家宗教たる仏教隆盛の一方で、民間宗教の道教が隠然たる勢力をもっていた。とくに宮廷はそうで、天武の和風諡号《しごう》は『天淳中原瀛真人天皇《あめのぬなはらおきのまひとすめらみこと》』である。この『真人《まひと》』なるものは道教における人間の理想像で、人間でありながら神のごとき存在、平たくいえば現人神《あらひとがみ》のことだという。持統を中心とする当時の宮廷は、先帝にそのような贈名をするほど道教どっぷりだったということだ。二八番歌の背後にある東南西北にそれぞれ霊獣を配当する世界観は、明らかに道教のものである。

トップがこうなら以下が倣うのはピラミッド型官僚社会の常である。宮廷へ儀礼歌を納める立場の人麻呂も、とうぜん道教の知識は人一倍身につけていただろう。すると天の香具山の二八番歌も、人麻呂代作もしくは濃厚関与作の可能性があることになる。二八番歌に誰しも感じるであろうのびやかな開放感、些事に拘泥しない大らかな響きがあるのは、まぎれもない男性詠者である人麻呂が、道教の神仙世界観をベースに詠んだ歌だからかもしれないのだ。

ここで興味深いのは、持統女帝の評価が男女論者で極端に分かれることである。

男性論者の間では、夫である大海人皇子の吉野落ちに際して、持統が死の危険をも顧みず付き従ったけなげさや、女帝としての卓抜な政治力への高い評価、それらにもまして、天の香具山の二八番歌の晴朗な響きに魅了されることで、持統の性格までも明るく肯定的に評価しようとする傾向があるように思える。

しかし、同性である女性論者の評価はきびしい。

> 久しく私は、持統天皇という女帝に、なみなみならぬ厭《いと》わしさを感じていた。（中略）私の女帝へのうとましさは、この姉妹の皇女たち（大田皇女・鸕野皇女〔＝持統天皇〕）の父である中大兄皇子の権謀術数に長じた生き方が、そのまま引きつがれていると見るせいかもしれない（人物日本の女性史『持統女帝』田中澄江《たなかすみえ》・小学館）

およそ男性論者とは真逆の、陰湿で酷薄な女帝像が語られている。民俗学者で陰陽道関連の著作が多い吉野裕子《よしのひろこ》氏はさらに苛烈で、鵜野皇后は自ら即位するために甥と我が子を殺したのだ、と指摘する。

皇位継承者として殆ど同じ資格をもつ二人の皇子（大津皇子と草壁皇子：筆者注）の相前後しての急死は、何としても不自然である。二人の皇子の死の間には一脈相通ずるものがある。二つの死はその本質を同じくするもので、その背後にあるのは同一人による同一目的の殺人であろう

（『持統天皇』吉野裕子・人文書院）

男女それぞれの円線による持統女帝の評価がこうも違うと、その仮想世界における分身と目される依羅娘子は、トリックスターどころかサイコパスめいた人物になりそうである。

以上に述べたように、仮想世界における人麻呂の石見妻が、現実世界の持統女帝の分身だとすれば、では仮想世界の鴨山で死を迎えた『人麻呂』の分身は、現実世界のいったい誰なのかということになるだろう。

人麻呂の嘘（＝仮想世界）には、どこかに必ず現実世界の尻尾がついている。絶世の美女に化けた狐が、ふと気を抜いた拍子に尻尾を見せて正体がバレる話があるが、人麻呂の場合は、嘘とわかる人にはわかるようにわざわざ尻尾をつけておく手の込んだ嘘で、たとえばそれは、嘘の標識としての

『磐』字を詠み込んだ三首の自傷歌であったり、嘘の世界を流れる『石川』の名を与えた石川郎女と亡友大津皇子に熱烈な恋愛をさせたり、人麻呂自身は持統女帝の分身である依羅娘子と夫婦になり、異郷での暮らしの末に自らは死に、依羅娘子は寡婦になるといった按配だ。

ここで見逃せないのが、仮想世界の依羅娘子が人麻呂に死なれて寡婦になる点である。これはまさに天武帝に先立たれた現実世界の持統女帝そのものである。すると鴨山で死んだ人麻呂は天武天皇の分身なのか。確かに即位前の天武は大海人皇子で『人』字をもつから、人麻呂候補と考えられなくもない。

日本書紀は、天武帝崩御をその十五年（686）九月九日と伝える。

陽の極大数である『九』が重なる旧暦のこの日は、いわゆる重陽《ちょうよう》の節句で、生命力が最も旺盛になるとされる特異日である。おそらくこれは天武帝復活を願った呪的な命日設定で、事実はこの通りではなかったろうが、実際の崩御日もここからさほど隔ててはいなかっただろう。

人麻呂は、天武第二皇子の日並皇子尊（草壁皇子）の殯宮の時（689）に挽歌を献じている。草壁薨去は天武崩御から三年後の四月十三日だから、人麻呂が挽歌を献じたのは五月か六月のことだろう。いかに天武が道術を極めた真人《まひと》であろうと、崩御の三年後に冥府から引き返して、わが子の挽歌を詠めるはずもない。人麻呂は明らかに天武とは別人である。しかし持統女帝とは疑似夫婦とでもいうべききわめて近い誰かなのは確かだ。

田中澄江氏の『持統女帝』に次の一節がある。

持統天皇のかたわらには、つねに女帝よりは十四歳若い俊秀藤原不比等があった。鎌子改め、鎌足の息子である。

女帝は不比等の飛鳥の藤原の地にある邸で即位した。（中略）天武天皇の政治に鸕野皇后の協力があったように、持統となった天皇には不比等の強力な補佐があったことであろう。文武天皇（持統天皇嫡孫：筆者注）の夫人にはその娘の宮子がおくられ、生まれた首皇子は、聖武天皇となる。皇統の貴族たちを圧した不比等の勢威は、持統天皇の信任を受けたその治世にはじまっている。

すなわち田中氏が「つねに持統女帝のかたわらにあった」と指摘する『藤原朝臣不比等《ふじわらのあそんふひと》』こそ、仮想世界の『石見国』で、持統女帝の分身である依羅娘子の夫として生き、鴨山の岩場で死んだ『柿本朝臣人麻呂』の現身《うつしみ》の可能性が高い。

現実世界の持統は、天武天皇の飛鳥浄御原宮で即位し、四年後に藤原京へ遷って持統朝の諸事業を強力に推進した。

藤原京は、大和三山に囲まれたいわゆる国中《くんなか》の広大な土地に営まれた。

藤原京の名称は、土地名の藤原ではなく、女帝が当初宮廷とした藤原史邸にちなむとする説が有力である。これが事実なら、庶民感覚では寡婦の持統女帝が藤原史に輿入れしたに等しい。仮想世界の『石見国』で夫婦だった二人は、現実世界の藤原京でも夫婦にきわめて近い関係であったと見てよいのかもしれない。

付言すれば、『不比等』という名前は、この巨人が正二位で薨去して後に贈られた追号で、自身は終生『史《ふひと》』で通した。この等しく比べるべき人物は存在しないと仰ぎ見られた天才に、時の天皇は何度も臣下最高位の太政大臣・正一位を贈ろうとしたが、『史』は固辞して受けなかった。正一位も、淡海公《おうみこう》の諱《いみな》も、すべて死後に贈られたものである。日の当たる大向こうを歩こうとは決してせず、しかしすべてを操って古代日本を意のままに創り上げたのが『藤原史』その人であったといえるだろう。

そう考えると、『人麻呂』とは本名の『史』字を『口』と『人』に分割し、『人』に『麻呂（＝男の意）』の尻尾をつけた戯作名かもしれないとも思える。もしそうなら、ここでも『硯』字を分割して『石見国』をこしらえた仮想世界の力学が生きているのだ。

しかしこれだけで柿本人麻呂＝藤原史とするのは早計にすぎるだろう。

私は第六章のさいごに、人麻呂の自伝的長歌と目される「泣血哀慟歌」から読み取れる人物プロフィールを、以下の八項目にまとめた。

①青年期に妻と死別している
②亡妻との間に幼な児がいる
③東国と何らかの関係がある
④若いのに文使いを雇える経済力がある
⑤「妻屋」がある家（貴族の家か）で暮らした
⑥亡妻は上流階級の出である

⑦歌人としては完全な覆面作家
⑧情報操作・管理能力が高い

藤原史の実人生は、いわゆる大宝律令制定や日本書紀の編纂など、一貫して情報と深く関わっている。これに古事記撰述も含まれる可能性があるから、チェックポイント⑧は完全にクリアしている。他の七項目はどうか。

④〜⑥は、貴族の子弟ならかなりの人数がクリアできそうだから、そもそも判定項目にならない。

⑦については、懐風藻に不比等作の漢詩五首があるから漢詩人とはいえるだろう。

和歌は万葉集巻七『羇旅部《きりよぶ》』に藤原卿作とする作歌年次不明の七首がある。

『卿《きよう》』は大納言・中納言および三位以上の尊称であり、鎌足から武智麻呂までの藤原三代では、四男の『大夫《まえつぎみ》』麻呂を除く全員が該当するから、誰とも特定できない。伊藤博はこれを武智麻呂や房前の可能性もあるとしながらも、不比等の歌が万葉集中に見えないから、あえて「不比等説を主張する」というが、真偽は不明である。

しかし実父鎌足の歌が巻二『相聞』に二首、次男房前は巻五に一首、三男宇合は巻一『雑歌』に一首、巻三『雑歌』に一首、巻八『秋の雑歌』に一首、巻九『雑歌』に三首の計六首、四男麻呂は巻四『相聞』に三首が、それぞれ入集している。歌心なき父から万葉集に歌を連ねるキラ星のごとき子供らが生まれるとも思えないから、不比等に歌才がなかったはずはなく、確たる詠がないのはかえって不自然である。これも得意の情報操作の結果かと思われるが、例によって確証はない。

結局、人麻呂＝不比等と判定する決め手になりそうなのは①〜③である。なかでも①「青年期に妻と死別している」は絶対条件と思えるが、これを明らかにする史料は、はたしてあるのだろうか。

万葉時代の医療水準はむろん劣悪である。早くに妻を亡くす青年はさほど珍しくなかっただろう。しかし貴族本人の訃報ならともかく、複数妻が普通だった時代に、その妻の一人の死が確かな記録に残るのはきわめて珍しいというか、まずあり得ないことのように思える。

私はほとんど期待せずに先学の研究書に載る不比等関係年表をあたった。

不比等の評伝でよく引用される『藤原不比等』（上田正昭・朝日新聞社）はこう述べる。

> 不比等の生い立ちには不明の分野があまりにも多い。彼の三十歳までの人生は、史料的に空白である。けれどもそれは史料に史の姿がとどめられていないだけの話であって、彼の前半生の代がなかったわけではない。むしろそのような史料のありようの背後に、中臣氏から藤原氏への時の推移が反映されているのかもしれない。

三十歳以前の史料が皆無に等しければ、たとえ青年期に妻を亡くしていたとしても、それを確認できる記事などあるはずもないかと考えながら、さほど多くもない不比等関係本を当たるうちに、『藤原不比等』（高橋正人・吉川弘文館）掲載の略年譜に次の記事を見つけた。

天武八（679）二三歳　このころ右大臣蘇我臣連子の娘、娼子と結婚
九（680）二三歳　四月、長男武智麻呂誕生
一〇（681）二四歳　次男房前誕生　〇妻娼子死去

故人には申し訳ないが、注文通りとはまさにこのことである。

この年譜によれば、史青年は二十二歳で結婚して一家を構え、二十四歳で妻と死別して男やもめとなり、はいはいも覚束ない二人の男児を残されたとわかる。妻が次男房前の誕生後に亡くなったのは、おそらく産後の肥立ちが悪かったのだろう。

これで史は、①青年期に妻と死別している、②亡妻との間に幼な児がいる、の人麻呂につながる二大条件を完全にクリアする。さらに⑥亡妻は上流階級の出である、も。なんせ岳父は右大臣蘇我臣《そがのおみ》連子《むらじこ》（史結婚時にはすでに故人）である。

③東国と何らかの関係がある、については、人麻呂＝史とすれば、霊峰筑波を北西はるかに望む鹿島台地が故地であり、その北浦にほど近い手狭な一画に、現在、鎌足神社がある。うっかりしたら通り過ぎそうな小祠だが、ここが史実父の藤原鎌足生誕地と伝える。

常陸国風土記地図（『風土記』添付・岩波書店）を見ると、現在の鎌足神社境内は、風土記時代の香島社《かしましゃ》（現・鹿島神宮）の津宮《つのみや》鎮座地あたりとおぼしい。

『鹿島神宮』（東実《とうみのる》・学生社）はこう述べる。

いまのこる津の東西社の北に国道をへだてて『鎌足神社』がある。これは藤原鎌足が生まれた所と伝えられている。この鎌足神社の場所は、当時、北浦に面していたものと考えられる。当時の出産は海辺か川岸に産屋をたて、そこで子供を産み忌日があけると、その産屋を水に流して帰ってきたものである。だから鎌足の生まれたころまでは、このあたりに水があったものと思われる。

常陸国風土記香島郡の記事には、中臣巨狭山命《なかとみのおさやまのみこと》が神の舟を作り、香島の天《あめ》の大神に献ったとある。倭武天皇《やまとたけるすめらみこと》の時代というから大昔だが、それほど古くから中臣氏とゆかり深い土地だったのは確かなようだ。後にここで中臣鎌足が生まれたとしても素直にうなずけそうな土地である。

平安後期の史書である『大鏡』も、鎌足生誕地を常陸国と伝える。

（前略）たゞしこの御時、中臣の鎌子の連と申て、内大臣になりはじめ給。そのおとゞは、常陸国にむまれたまへりければ、卅九代にあたり給へるみかど天智天皇と申、そのみかどの御時こそ、この鎌足のおとゞの御姓、「藤原」とあらたまり給へる。（日本古典文学大系『大鏡』岩波書店）

大鏡の成立は西暦一〇〇〇年～一一〇〇年くらいというから、その頃すでに鎌足東国出生説が平安京の都人の知るところだったわけで、説の真偽は不明というしかないが、火のないところに煙は立たないから、鎌足に東国と何らかの関係があったのは確かだろう。すなわち史が、父鎌足を通じて東国を識《し》っていた可能性は高い。鎌足から常陸の故地について聞いていただろうし、大原の鎌足邸を訪ねた東国の人々からは、筑波山嬥歌会の盛んなさまを伝え聞いただろう。むろん東国独特の習俗や言い回しについても聞きかじって心にとめたと思われる。史は、当時の明日香宮廷人には海の向こうの異国も同然の東国と、確かにつながりがあったのだ。

以上の検討によって、人麻呂の「泣血哀慟歌」から得られた人物プロフィール①〜⑧が、藤原史のそれとすべて一致することが確認できた。私は第六章で、「泣血哀慟歌」は作り物ではない真実の記録である、と述べたが、これらの符合によりそれがほぼ裏付けられたことになる。

これまで完全な別人とされていた同時代の天才二人に、偶然ではあり得ないここまでの一致がある。ならば二人はかなりの確度で同一人物と見てよいのではないか。

すなわち『柿本人麻呂』が『藤原不比等』である蓋然性はきわめて高い。

三

前項で、史の戯作名である『人麻呂』は、『硯』字を左右に分割して『石見国』をこしらえた仮想世界の力学に従って、本名の『史』字を『口』と『人』とに分割し、後者の『人』に『麻呂（＝男の意）』の尻尾をつけた名前かもしれないと述べた。

しかし漢字の成り立ちに詳しい方は、これを不審とするだろう。というのは、たとえば『大字源』

（角川書店・一九九二年・三版）の『史』字の解字は『意符の又（手）と、意符の中（数取りの棒）とから成る』とあって、『口』と『人』から成るのではないからだ。『字統』（白川静・平凡社・一九八七年・初版）も同じで、『史』は『中と又とに従う』とあり、『中』字と『又』字を組み合わせた文字とする。意味するところはともに史官で同じだ。

そこで『説文解字』の『史』字を改めて見ると、『史、記事者也、从又持中、中、正也（史、事ヲ記ス者ナリ、又ニ从イ中ヲ持ツ、中、正ナリ）』とあって、やはり『人』ではなく『又』字である。したがって『史』を『口』と『人』に分割して、後者の『人』字から戯作名『人麻呂』を導いた、とするのは明らかな誤りである。戯作者名『人麻呂』については、別の拠り所を求めねばならない。

ここで改めて考えなければならないのは、藤原史はその死に至るまで、自らを頑ななまでに『史』であるとしたことだ。この本名は幼時に渡来系氏族の田辺史《たなべのふひと》大隅《おおすみ》宅で養育されたことによるという。すなわち幼名である。

しかし史は、政界の大立者となってからも、決してこれを変えようとしなかった。日吉丸が終生日吉丸で通し、豊臣秀吉を名乗らなかったようなもので、奇妙というしかない。

管見の限りでは、先学の不比等論にそういう視点からの論考が見当たらないのは、追号の『不比等』という光源があまりに強烈すぎて、本名の『史』をくらませてしまった結果だろう。しかし再度繰り返すが、『藤原史』が『藤原不比等』になったのは死後で、生前はあくまで『藤原史』で通したのである。その理由は問われねばならない。

そもそも『史』が意味するものは、万葉時代では微官に近い。

この職掌については、「もと祭祀の執行者として、祭政時代には最も高い地位を占めたものであるが、政治行政の機構が分化するに及んで、史は宮中の儀礼や内外の祭祀を司り、巫史とよばれる地位に下る」（『字統』白川静《しらかわしずか》・平凡社）という落剝《らくはく》の流れがあり、中国ではすでに古代の祭主から、たんなる史官へ転落していた。

国際情勢に通じていた藤原史が、本名『史』のそんな実態を知らなかったはずはないのに、彼は死ぬまで『史』で通した。四人の子供たちには武智麻呂《むちまろ》、房前《ふささき》、宇合《うまかい》、麻呂《まろ》と貴族らしい名前を与えながら、自らは草莽《そうもう》の書記官を意味する『史』に固執したのである。

なぜなのか。

私は、これはやはり『人麻呂』という戯作者名と深く関係していると思う。

あくまでも推定だが、田辺史大隅宅での史は、大事な預かりものの坊っちゃんとして『フヒトマロ様』と呼ばれたのではないか。本人もそれを気に入っていたが、幼児には『フヒトマロ』は舌を噛みそうで発音しづらい。早々に『フ』音が脱落して『ヒトマロ』になった。後の歌聖『人麻呂』の誕生である。ほぼ同時代の『フヒトマロ』には、大化五年（６４９）に中大兄皇子に歌を献じた野中河原《のなかのかはらの》史満《ふひとまろ》があり、養老四年（７２０）に大隅隼人の反乱で殺害された国司『陽候史麻呂《やこのふひとまろ》』の実例があるから、そのように呼ばれたとしても不思議ではない。

そういう幼時の『ヒトマロ』の名を、史が青年になってからも戯作者名で使い続けたのは、それが幼い史が味わった家族の温もりの記憶につながる宝物だったからだろう。その傍証として、後年、史が日本書紀編纂に際して、田辺史氏から複数の史官を抜擢していることがあげられる。田辺史宅での記憶が温かいものだったと知れるとともに、かつて受けた厚情に報いる史の人柄がうかがえる。

しかし自らが一家を構え、やっと本物の家族の温かさを手に入れた矢先に、思いがけぬ妻の死で地の底が抜けたような衝撃を味わわねばならなかった。

まさに天国から地獄である。

それゆえ「泣血哀慟歌」の人麻呂＝史は、たんに若妻を亡くした夫の悲嘆にとどまらない狂態を演じることになる。かつて大原の鎌足邸で東国の客人から教わった東国の呪法、「妹が名呼びて、袖ぞ振りつる」という明日香人には奇異としか映らない招魂の所作を、畝傍山に向かって精魂尽き果てるまで続けなければならなかったのだ。

史がそこまで執着した分身《アバター》『ヒトマロ』と決別するには、歌の世界で『人麻呂』を死なせるしかなかった。前途有為の青年官僚『中臣連史』として現実世界で地歩を固めるには、幼時からの宝物である自らの分身を手厚く葬る儀式が必要だったのである。

こうして人麻呂は、通過儀礼としての遺言鴨山五首を残して岩場に斃れた。

人麻呂が斃れ伏した『磐』は、第五章で述べたように『永遠』のシンボルである。その岩場へ斃れたのは、『人麻呂』の名と、遺した歌が、岩と一体化して永遠になることを意識している。それは同じく第五章で述べたように、先に磐と化して人麻呂を待つ亡友大津皇子へ、自らの魂の半分を送り届けることでもあった。

……おれがこの世でやるべきことはまだ山ほどある。

そうつぶやいて、人麻呂分身の中臣連史は、岩場からすっくと立ちあがる。

眼の前に露を置いたように白く輝く径がある。それは依羅娘子の分身である持統女帝が待つ藤原京へまっすぐ続いている。

第九章　『柿本』と『藤原』の由来は何か

一

前章のさいごで『人麻呂』の名義の由来を考察した。

しかし人麻呂のフルネームは『柿本朝臣人麻呂』である。万葉の昔も、しかるべき氏族の属人には姓がある。この『柿本』なる姓は、何に由来するのだろうか。

折口信夫は、「古代の人物伝を考へるのに、まづ、用意してかゝらねばならぬことがある。其人を知るよりも第一、其属してゐる氏族についての知識を用意してかゝることである」という。しかしそのすぐ後で、「其にしても又、柿本氏に関した文献は、人麻呂の輪郭を考えさせる側に、用に立つ程にも備わつてゐない（原文ママ）」（『柿本人麻呂』折口信夫全集第九巻・中央公論社）と嘆くのである。

折口信夫は本質的には霊感の人であったと思う。しかし博覧強記の大学者の常で、もてる知識を総動員して現実世界で『柿本』の本貫地を探した。そして「柿本氏族の本貫は、大和の中にあったものと見てよい」というのだが、二、三の心当たりは示唆するものの「明言はできない」という。

生まれも育ちも大阪で、中学時代から大和を訪れ、それなりの土地勘があった折口が明言できない柿本氏の本貫地を、関東からロクに出たことがない私がわかるわけがない。しかし折口信夫が明言できないなら、『柿本』も例によって仮想世界の『石見国』に連なる戯作の可能性が高そうである。もしそうなら、これまでさんざん歩き回った仮想世界の土地勘で、『柿本』へたどり着けるかもしれない。

人麻呂には謎の歌聖にふさわしい後代の示現譚がある。

或ル説ニイフ、石見国戸田郡ニ語之家ノ命ト云ヘル長者ノ人在リ。彼ノ後苑ニ柿木有リ、此根ニ十七八ノ美男坐ス。故ニ之ヲ主トス。(『人丸縁起』元和六年(1620))

石見国の富裕な語り部宅の柿の木の根方《ねもと》に、十七八くらいの美少年が忽然と出現した。奇瑞である。これが人麻呂であり、生まれながらにして歌聖である、というのだ。

『人麻呂』の名前については、前章で、幼い中臣史が養育を託された田辺史大隅邸で『フヒトマロ』と呼ばれたことによると推定した。これは仮想の『石見国』や『依羅娘子』に通底する、ある文字の分割や結合による戯作名とは異なる命名で、史の幼少時の記憶に由来する名前である。すると姓名は一体だから、姓の『柿本』も、史の幼時の何らかの記憶に基づくものである可能性が高そうである。もとより実在の地名や氏族名ではあるまい。

となると、もっともありそうなのは、田辺史邸に柿の木があり、それにまつわる史の記憶から『柿本』の姓が導かれたという、『人丸縁起』同様の説へ行き着くのだが、そもそも『柿』とは当時いかなる存在だったのか。

桜井満はこう述べる。

ところが不思議なことに、植物としての『柿』は、記・紀にはもちろん風土記にも万葉にも表現されていない。これは何を意味するのであろうか。古文書にはすでに栽培を思わせる例もあり、わが国西南部に自生する『山柿』が栽培されるようになったと見る説と、揚子江流域の野生種が輸入されて栽培されるようになったとする説とがある。いずれにしても古文書中の柿は『干柿』が目立ち、多くは渋柿だったらしいこと、また宝亀元年に一升百文で栗のちょうど二倍という値であったこと（正倉院文書）からすると、あるいは柿の栽培はこの時代にはじまったばかりだったのかもしれない。とにかく植物の『柿』から『柿本』の名の起源を説くことははなはだ疑問である。

正倉院文書の宝亀元年（770）は、不比等薨去の養老四年（720）から半世紀後である。宮都は藤原京から平城京へ遷り、すでに還暦に達している。この時点で柿が栗の倍の値段なのは、栗が青森県三内丸山遺跡《さんないまるやまいせき》の縄文時代へさかのぼる古い栽培植物なのに対して、柿はまだ希少性の高い舶来植物だったからであろう。おそらくは渡来系氏族のシンボルとして一般の栽培は制限され、漢人屋敷の前庭にでも植えられたのではないか。後に大伴家持《おおとものやかもち》が「山柿《さんし》の門」を唱えるのは、理念上の表現であるとともに、事実そういう風景があったのだと思われる。古文書に干柿や渋柿で現れるのは、食用ではなく漢方の薬種扱いだったのかもしれない。

史は幼い好奇心にまかせて、初めて目にする田辺史邸の渋柿をかじってみただろう。唇が痺れそうな渋さは、幼児に強烈な印象を残したはずだ。

渋柿はしかし、籾殻《もみがら》とともに樽詰めして渋抜きすれば、一転して甘くやわらかに変貌する。ひとつ身に渋さと甘さが転変する不思議な『柿』の記憶が、自分は分身の歌人『人麻呂』から、やがて本体の政治家『中臣連史』へ移り行くべき人間であるという自覚とあいまって、分身に『柿』字の姓を与えることになったのだろう。

『柿本』の『本』は木の根元《ねもと》であり、柿樹の根源を指す。すなわち『柿本人麻呂』とは、転変を本質とする柿の精を人格化した名前であり、人麻呂から史へと移り変わるべき藤原史にまことにふさわしい。

ここで注意すべきは、田辺史邸に学んだ幼少時代の『史＝人麻呂』にとって、『柿』は固く渋い舶載漢籍のシンボルでもあったことだ。それが史のたゆまぬ努力と成長によってみるみる渋が抜け、甘くやわらかなものへ熟していった。天才の頭脳が難解な漢籍を速やかに血肉と化したのである。それは後に、隋唐からの借りものであった律令を、日本に合わせて渋抜きし成熟させてゆく畢生《ひっせい》の大業へ通じている。

藤原史の天才がどのようなものだったかは、ほとんどわからない。全貌を俯瞰するには巨大すぎるうえに、肝心なところが巧みに隠されてもいる。

しかし、史が田辺史邸で受けた教育がどういうものだったかがうかがえる後代の実例はある。昭和二十四年（１９４９）に、中間子論でノーベル物理学賞を受賞した湯川秀樹《ゆかわひでき》博士の幼年時代の回想である。

しかしある日、――私が五つか六つの時だったろう――父は祖父に、

「そろそろ秀樹にも、漢籍の素読をはじめて下さい」

と言った。

その日から私は夢の世界をすてて、難しい漢字のならんだ古色蒼然たる書物の中に残っている、二千数百年前の古典の世界へ、突然入ってゆくことになった。

ひと口に四書、五経というが、四書は「大学」から始まる。私が一番最初に習ったのも「大学」であった。

その日から私は夢の世界を……

「論語」や「孟子」も、もちろん初めのうちであった。が、そのどれもこれも学齢前の子供にとっては、全く手がかりのない岩壁であった。（中略）

祖父は机の向こう側から、一尺を越える「字突き」の棒をさし出す。棒の先が一字一字を追って、

「子、曰く……」

私は祖父の声につれて、音読する。

「シ、ノタマワク……」

素読である。（『旅人』湯川秀樹・朝日新聞社）

湯川博士の実父は明治三年（1870）生まれで、田辺藩の儒者の二男である。この方は十四歳の

和歌山中学入学までに、四書、五経などを、幕末の儒者であった父親から口授された。南監本二十一史のうち、後漢書、三国志、晋書などを特に愛読したという。

こうした口授による漢籍伝習法は、その千二百年以上前に鎌足や入鹿が僧旻の学堂で受けたのと同じであったろう。それらの漢籍は鎌足の時代でもすでに千数百年前の古典であり、読みこなすには素読による口授しかなかった。それは田辺史邸に預けられた史も同じで、『フヒトマロ様』と坊っちゃん扱いされても、本分の漢籍教授にはいささかの手心も加わらなかっただろう。

湯川博士の父上は近代科学の研究者だったが、幼時から漢学を学び、終生漢籍に親しんだという。この『近代科学』を『律令』に置き換えれば、当時最新知識の『律令』の研究者で、幼時から漢籍に親しみ、かつ当時の貴族のたしなみである和歌にも長じた史＝人麻呂の天才の輪郭が、ある程度あきらかになるのではないか。

仮に史が、湯川博士の父上と同じ速度で漢籍を修めたとすれば、十四歳で四書五経を修め、その後、南監本二十一史をマスターしている。それは史が三十二歳で国史に初登場するはるか以前のことである。万葉集の人麻呂作歌に漢籍の影響が認められるのはおそらくこのためであろう。しかも史の場合は、鎌足直伝のきわめてプラグマチックな政治手法＝政界における臨機応変の処世術、を学びながらである。天才の器量は凡夫には測りがたいというしかない。

二

さて『藤原』の氏名《うじな》だが、これは検討するまでもないと思われるかもしれない。乙巳《いっし》の政変（いわゆる大化の改新）の功臣中臣鎌足が老来重篤に陥り、改新の盟友天智天皇（中大兄皇子）が親しく病床を見舞ったのが薨去の十日前。薨去前日には、天智の命で大海人皇子が枕頭を訪ね、大織冠と『藤原』の氏名を賜った、というのはかつて中学校の教科書にも載っていた逸話である。

これが事実なら、中臣鎌足が藤原朝臣鎌足だったのは実質一日である。しかも藤原も朝臣も、鎌足一代に限るものだという。この大織冠とおぼしき遺物は、昭和九年（1934）四月に、鎌足の埋葬墓と思われる大阪の阿武山《あぶやま》古墳から偶然出土している。だから大織冠賜与は事実だろうが、それが鎌足の薨去前日というのはかなり疑わしい。限定一代・限定一日の前例なき賜姓に至っては、怪しさ満点というしかない。

史の朝臣賜与は二十七歳の天武十三年（684）十一月で、このときすでに最新知識の律令に通じた若手官僚であったらしい。そのひと月前の十月一日には、新たに八色《やくさ》の姓《かばね》が制定されており、史の授爵もこれに関連すると思われる。鎌足への朝臣賜与は、たとえあったとしても一日だけだから、事実上の中臣氏の朝臣姓は史にはじまる。

しかし中臣朝臣史は、一年も経たずに藤原姓を賜与され『藤原朝臣史』となる。例によって理由は明らかでないが、私説によれば、この時期は人麻呂と史の活動が交錯する過渡期であり、異例のスピード出世は、歌人人麻呂・官人史という分身・本体の八面六臂の活躍ゆえと思われる。むろん持統女帝への和歌の貢献もあるだろう。常人の数倍の速さで出世しても、何の不思議もない。

鎌足が薨じたのは琵琶湖にほど近い京都山科の私邸だというが、確かな場所はわからない。史が田辺史邸からいつここへ戻ったかも明らかでないが、少なくとも薨去の一、二年前には戻っていて、鎌足流の政治手法を学んでいただろう。それは一を聞いて十を知る天才には、漢籍の修得よりよほど容易だったと思われる。

しかし現実の政治には経験値が必要である。天才といえども頭だけではダメで、消化吸収した知識を時代に応じた最適な形で出力するには、相応の時間がかかる。史はこの発酵熟成に必要な時間の何分のいくつかを、分身《アバター》人麻呂の宮廷での作歌活動に割り当てただろう。それは切れば血が出る冷酷な政治の現実を肌で知るための、もっとも重要な時間であったといえる。

天智五年（666）末には、史の兄である鎌足の長子定恵《じょうえ》が唐から帰国した。

しかし十一年ぶりに大和の地を踏んだのもつかの間、数日後に明日香の大原第で遷化《せんげ》した。二十三歳。大津皇子が刑死した年齢より一年早い夭折である。帰国時に経由した百済《くだら》の地で、あまりに優れた才能をねたまれて毒を盛られた（『家伝』貞慧伝）というが、信じられることではない。史はこのとき九歳で、帰朝した兄と対面した形跡はない。しかし名実ともに天智帝の功臣藤原鎌足の唯一の後継者となった。

天智六年（667）の宮都は淡海《おうみ》の大津宮《おおつのみや》（滋賀県大津市錦織。南滋賀とも）である。大皇弟《ひつぎのみこ》大海人皇子（後に天武天皇）もここにおり、その妃である鸕野皇女（後に持統天皇）と継嗣草壁皇子もむろん一緒である。鵜野は二十四歳。草壁は五歳であった。

草壁の遊び仲間は、やはり大津にいた腹違いの姉弟である大伯皇女（六歳）、大津皇子（四歳）、そして彼らのお兄さん格の史（十歳）くらいであっただろう。そのような閉鎖的な環境にあった子供たちの結びつきは強い。後に史が明日香で他の有力貴族の子弟グループと交わりをもつ頃には、草壁・大津との関係はすでに十年である。むろん他とは別格であっただろう。

史は六歳年少の大津ともっとも気が合ったらしいが、草壁ともそつなくつきあった。彼らを介して鵜野妃とも面識があった。

後に飛鳥浄御原宮や藤原宮で、史と持統女帝の間に仮想世界の『石見国』の人麻呂と依羅娘子同様の濃密な人間関係が結ばれる頃には、大津で鵜野妃の知遇を得てからすでに二十年経過している。史の人格識見の確かさは、子供時分から見ていた持統は十分承知している。改新の功臣藤原鎌足の後継者に甘んじないこの天才官僚は、自らの王朝の命運を託して悔いない破格の存在と映っていただろう。

梅原猛氏によれば、「不比等というのは二枚目で、頭はものすごく切れる。そして詩も曲がりなりにできる。これでは女がぐらぐらしないのがおかしいみたいだな」（『藤原鎌足』梅原猛・杉山二郎・田辺昭三　思索社）というのだが、それは事実その通りだっただろう。実父鎌足はもちろん、実子の武智麻呂、房前、宇合、麻呂も、すべて眉目秀麗頭脳明晰であったという。

鎌足と東国との関係を考えれば、彼らの容貌はいずれも彫りの深い縄文系のものだったのではないか。現在の鹿島神宮周辺に散在する古代遺跡は、ほぼ縄文時代のものである。それ以後は、弥生時代をスキップして古墳時代へ移るという。俗にいう「東男《あずまおとこ》に京女《きょうおんな》」のたとえは、「縄文男に弥生女」ともいえ、そういう男女の機微は飛鳥時代までさかのぼるのかもしれない。

三

私は持統天皇の『藤原京』の名称は、鎌足が天智帝から賜ったという『藤原』の姓によるものではないと考えている。

藤氏家伝には、鎌足が「大和国高市郡の人」で「推古天皇三十四年（６２６）歳次甲戌《さいじこうじゅつ》に藤原の邸宅」で生まれたとある。これが明日香の藤原についてのもっとも古い文献記録だが、そこが確かに藤原と呼ばれたという傍証はない。すなわち自称藤原である。『藤原』の姓は、鎌足が亡くなる直前に賜ったとする日本書紀の記事に従えば、藤原はそもそも鎌足誕生時までさかのぼらない。これを藤原京の由来とすることはできないのである。

万葉集五〇番の藤原宮御井歌に『藤井我原《ふじいがはら》』の語がある。『周囲に藤が茂っている井のある原か』と注にあり、藤原京と同じ土地だという。するとこの藤井ヶ原が『藤原』の由来かと思えるが、そこは大和三山に囲まれた国中《くんなか》の広大な湿地であったようだ。

最新の発掘成果によれば、藤原京は百年後の平安京を上回る歴代宮都最大の規模だったという。

関東人の私は、歴代宮都が連綿と営まれた明日香で、なぜ藤原京に至るまで『周囲に藤が茂っている』ような未利用の広大な荒地が残されていたのかわからなかったが、それは明日香を囲む山々の土質がきわめて脆弱で崩れやすく、大雨ともなれば随所に土石流が発生して国中へ押し寄せるからだ。

そんな危なっかしい土地におちおち都なんか造れないよ、と関西出身の友人に教えられて納得した覚えがある。

実際、斉明《さいめい》天皇の道教系の祭祀施設と見られる明日香の亀形石造物は、地下三メートルあたりから出土している。この施設の存在は平安時代中頃までは確認されていたらしいから、以後の土石流で埋没したのだろう。

明日香の傾斜地を流れ下った土石流は、国中の平地に至って止まり、何層にも堆積する。そういう成り立ちである国中の平地、すなわち藤井ヶ原の地盤は、含水率が高く、少し掘れば水が滲み出たという。

明日香の謎の石造物のひとつである亀石に、「この亀が西を向けば明日香は泥海になる」という奇怪な伝承があるのは、明日香以前のこの土地がしょっちゅう土石流に見舞われた記憶を伝えるものかもしれないし、亀石そのものが土石流に運ばれた転石の可能性もある。

大和三山に囲まれた国中は、いわば巨大な遊水地のような土地だったからこそ、灌漑技術が未発達な古代にはほとんど使い物にならず、藤井ヶ原として放置されるしかなかった。したがって権力の空白地帯であり、古くからの雄族が盤踞《ばんきょ》することもなかった。だからこそ常陸国の筑波山を望む一帯を故地とする中臣氏が進出する余地が残されていたのである。

明日香は今でも水抜きの池が多いというが、万葉時代には大小さまざまな『淵《ふち》』が蝟集《いしゅう》する『淵《ふち》原《はら》』であった。あるいは『藤井』とは、自然の噴水口たる『淵井《ふちい》』のことであり、明日香の伏流水が地表へ噴き出す天然の井戸だったのではなかろうか。

関東の出自であり、大和では後発氏族であったがゆえにこの劣悪な『淵原』へ進出するしかなかった中臣氏は、故地である常陸の霞ケ浦湖畔の干拓で培った最新技術を駆使して黙々と干拓を進めた。それをうかがわせる歌が万葉集にある。

壬申年之乱平定以後歌二首

四二六〇　皇者　神尓之座者　赤駒之　腹婆布田為乎　京師跡奈之都

右一首大将軍贈右大臣大伴卿作

四二六一　大王者　神尓之座者　水鳥乃　須太久水奴麻乎　皇都常成通　作者未詳

右件二首天平勝寳四年二月二日聞之即載於茲也

（四二六〇）大君は　神にしませば　赤駒の　腹這う田居を　都と成しつ

（わが大君は神であらせられるので、赤駒が腹まで浸かる泥深い田んぼ、そんな泥田さえも立派な都にされたのだ）

右の一首は、大将軍贈右大臣大伴卿作れり

（四二六一）大君は　神にしませば　水鳥の　すだく水沼《みぬま》を　都と成しつ　作者未詳

（わが大君は神であらせられるので、水鳥が群れ騒ぐ水沼、そんな沼地さえも立派な都にされたのだ）

右の件の二首は、天平勝寳四年（７５２）の二月二日に聞きて、すなわちここに載せるなりもうずいぶん以前だが、私が新聞の縮刷版をパラパラやっていて偶然目にした田植えのモノクロ写真が、この歌を彷彿させるものだった。

東北地方のどの県だったかわからないが、菅笠をかぶった若い女性が胸元まで泥水に浸かりながら笑顔で苗を植えている。おそらく昭和二十年代の戦後間もない頃の写真だろう。立ち泳ぎしながら田植えしているように見える異形の写真である。それは私が少年時代に見た、せいぜい膝下くらいまでしか水に浸からない関東の田植えとは完全に別物で、いったい足裏は泥水の底についているのだろうかと怖ろしくさえ見えた。

藤原京は、そのような凄まじい『淵原』の悪地を干拓して営まれた都なのである。

前述の二首は、藤井ヶ原干拓を大王の神技とするが、実際の作業はたえず湧き出る泥水を石垣で堰き止めて流れを付け替えたり、新たな水路を掘って排水をうながしたりの根気のいる重労働の連続であったろう。たぶんそれは乙巳の政変後の詔で『公地公民』が打ち出される以前のことで、干拓した土地はそのまま中臣氏へ帰属した。おそらくこれが、明日香では最後発組の中臣氏が、貴族の末席へ滑り込めた最大の理由である。後世の戦国大名がすべて開拓地主の統領であったように、古代の雄族もまた、戦いによる収奪よりも、荒蕪地《こうぶち》の開墾や大陸との交易によって財力を蓄積し、強大になったのである。

常陸国風土記行方郡の記事に、箭括氏《やはずのうじ》の麻多智《またち》なる者が葦原を切り払って新田を拓き、これを阻止せんとする夜刀《やつ》の神という土地神の蛇神と争った有名な逸話がある。この神と人との戦いは、ヤマトタケルが鴨を射落とした『鴨野』にほど近い東浦に接する湿原で繰り返されたという。

これはおそらく、湖岸の湿原を干拓した際の、寄せ引きする霞ケ浦の水との苦しい戦いを説話化したものである。麻多智が属した箭括氏は他には見えないというが、このようなハイレベルな干拓技術をもつ常陸の氏族が、遠く明日香の国中へ投入され、『淵原』干拓に実力を発揮したのだろう。

明日香の藤井ヶ原はこうして干拓されたが、明日香人の呼び名は相変わらず『淵原』のままだった。この悪地イメージを払拭しないことには、どれほど土地が広大であろうと、宮都誘致など望むべくもない。結局、中臣氏統領の鎌足が、改新の行動を共にした天智天皇から、しかるべき別名を賜って新開地のマイナスイメージを一新するのがもっとも手っ取り早いのである。この目的のために、手を変え品を変えさまざまなロビー活動が行われたであろう。

鎌足に薨去のギリギリ前日に『藤原』の姓が与えられたというのはそうした活動の成果であり、天智天皇の発意ではなかったようにも思える。その無理筋を糊塗するために、前例なき限定一代・限定一日の『藤原』姓賜与の物語が創られたのではないか。

中臣氏の情報操作は、鎌足以前から氏族の得意とするところだったのがうかがえる。それは従来の武力や資力ではなく、『情報力』を武器とする新世代氏族の台頭でもあった。この新しい潮流を主導し、その頂点に立つ巨人が、律令や日本書紀編纂を背後から動かし、古事記や万葉集成立にも関わって古代日本の岩盤を整えた藤原史であったように思えるのである。

むすびとして　淡海縣の物語

一

万葉集には、幾多の先人の努力にもかかわらず、難読歌とされるものがいまも何首かある。訓みが定まらない場合が多いが、問題なく訓めるにもかかわらず歌意が判然としないものもある。その後者の最たるものが、『柿本朝臣人麻呂が歌集に出ず』とある旋頭歌《せどうか》二十三首のうちの次の一首である。

一二八七　青角髪　依網原　人相鴨　石走　淡海縣　物語為

〔一二八七〕青みづら　依網の原に　人も逢はむかも　石走る《いわばしる》　淡海縣《おうみあがた》の　物語りせむ

伊藤博は「この歌、上の句と下の句のかかわりがはっきりせず、『近江県の物語り』の内容も不明で、釈然としない。諸説があるが、近江に赴いていた人の、故郷もま近い依網の原を通過している折の感慨と見る考えが自然か」といい、桜井満は「ここに表現されている『淡海県物語』の内容については、今日なお定説をみない」という。

旋頭歌とは耳慣れぬ語だが、ウィキペディアによれば次のような歌である。

五七七を2回繰り返した6句からなる歌で、上三句と下三句とで詠み手の立場がことなる歌が多い。頭句（第一句）を再び旋《めぐ》らすことから旋頭歌と呼ばれる。五七七の片歌を2人で唱和または問答したことから発生したと考えられている。（中略）一人で詠作する歌体もあるが、これは柿本人麻呂によって創造されたとの説がある。

「五七七の片歌を2人で唱和または問答した」の下りで、私がただちに思い浮かべるのは、旋頭歌ではないが、筑波山の嬥歌会で謡われたという次の二首である。

〔三三五〇〕筑波嶺《つくはね》の　新桑繭《にいぐわまよ》の　衣《きぬ》はあれど　君が御衣《みけし》し　あやに着欲しも

〔三三五一〕筑波嶺に　雪かも零《ふ》らる　否をかも　かなしき子ろが　布乾《にのほ》さるかも

史＝人麻呂は、父鎌足を通じて東国の知識があった。筑波山嬥歌会の歌が男女の掛け合いで進行するのも知っていた。歌垣（嬥歌会）は古くは大和にもあり、海石榴市《つばいち》の歌物語が知られる。人麻呂の旋頭歌は、そんな古代歌謡への懐旧の念から詠まれたものかもしれない。

これはしかし文学史的に見た位置づけであり、この歌の正確な背景、とくに「淡海縣の物語」が何を指すかについては、いまだ定説がないようである。

桜井満は、「あをみづら依網の原」も「淡海縣の物語」も万葉集中唯一の用例で、他に手がかりはない、という。この歌はこの歌によってしか読み解けないというのだ。

私の書架には五種類の個人全訳万葉集があるが、この歌の訳文はそれぞれ次の通りである。

①口訳万葉集・折口信夫・河出書房（大正五年・1916）

「この広々とした依網の原で、誰か自分に行き逢うてくれぬかしらん。近江の県の古い歴史を知って話せるような人が来て、この辺の話をしてくれたらよいが」

②萬葉集注釋・澤瀉久考《おもだかひさたか》・中央公論社（昭和三十五年・1960）

「依網の原で、誰か人に逢わないかナア。そうしたら近江の國の話をしように」

③現代語訳万葉集・桜井満・旺文社文庫（昭和四十九年・1974）

「この依網の原で誰か人に逢わないかなあ。近江県の話をしたいものだ」

④万葉集全訳注・中西進・講談社文庫（昭和五十年・1975）

「青みずらの依網の原で人と逢わないかなあ。石走る淡海の国の話をしよう」

⑤萬葉集釋注・伊藤博・集英社（平成八年・1996）

「この依網の原に、誰か人が立ち現れて私と出くわさないものか。そしたら、近江県の話をしように」

⑥私案（令和五年・2023）

「あのころの幼なじみたちよ、鵜野《うの》の叔母さんとこで逢いたいな。なつかしい淡海縣の思い出話をしようじゃないか」

諸大家訳の末尾に、私案を置いたのは理由がある。私は、これは柿本人麻呂歌集にあるが、人麻呂ではなく『藤原朝臣史』の歌であり、それも晩年の詠であると見るからだ。

先学諸賢は「淡海縣の物語」を、天智天皇の大津京が壬申の乱で滅んだ史実や、皇太子の大友皇子がそこで敗死した悲劇と関係すると見ておられるようだが、人麻呂=史の論証を軸にここまできた私は、これはそのような大きな歌ではないと考える。

ここで私案を述べれば、初句の「青角髪《あおみづら》」は子供たちのことである。

ウィキペディアの「角髪」の項に「角髪《みづら》は日本の上古における子供の髪型、またそのような髪に結った子供」とある。それに未熟を示唆する「青」がつくのだから、「青角髪」は年端もゆかぬ子供であるだろう。これは「青角髪」の子供たちに呼びかけているのであり、「依網」の枕詞であろうかという根拠のない説を、私は取らない。

「依網の原」は持統・草壁母子のことである。表記が少し違うが「依羅娘子」は持統女帝であり、「原」には「草」(草壁皇子)がつきものである。依羅娘子の「羅」字を「網」に変えたのは、その幻の網で亡き人々の霊を掬《すく》い取ろうというのであろう。

すると上の句は、青角髪の子供たち、すなわち「持統・草壁母子」とその他の人、「大伯皇女と大津皇子」にしみじみ逢いたいよ、と呼びかける意になる。第三句の「人相鴨」という原文表記で使われる助詞の「鴨」字は、第七章で指摘したように古撰万葉集の『挽歌』に特異的に見られる文字であり、霊たちへ呼びかけるのにまことにふさわしい。そしてこの『鴨』は、鴨山で死んだ人麻呂を暗示してもいる。逢いたい、と呼びかけるのは人麻呂（＝史）なのである。なぜ史でなく人麻呂が呼びかけるかといえば、いまは亡き幼なじみたちの霊と再会するには、自らも霊でなければならないからだ。史にその資格はまだない。

ここで時計を天智六年（667）の淡海縣の大津宮へ戻せば、草壁皇子は五歳。遊び仲間の大伯皇女は六歳、大津皇子は四歳で、髪を角髪に結った史は十歳であった。草壁母の持統にしても二十四歳と若く、ときには子供らに混じって無邪気にはしゃぐこともあったであろう。「淡海縣の物語」とは、そんな彼らが無心に過ごし得たまぶしい日々、その珠玉のような時間への哀惜と郷愁なのである。以後の彼らの人生には、花も嵐も雨も雪もあった。青角髪の旋頭歌は、それらがすべて過ぎ去ったいま、薄日がさすおだやかな縁側にもう一度みんなで集まって、お茶でも飲みながらなつかしい昔話をしたいよね、というほどの感じだろうか。史に薨去後「淡海公」の諱が贈られた経緯は不明だが、この歌とどこかでつながっているようにも思える。

そして人麻呂の最高傑作と目される次の一首、

二六六　淡海乃海　夕浪千鳥　汝鳴者　情毛思努尓　古所念

〔二六六〕淡海の海　夕浪千鳥　汝が鳴けば　心もしのに　いにしへ思ほゆ

（淡海の海〔琵琶湖〕の夕浪千鳥よ、お前らがそんなに無邪気に騒ぐから、おれはすっかりたそがれちまったよ。ガキの頃のおれらも、お前らみたく何も考えずにはしゃぎ回れ

たよな、って胸に込み上げちまってさ）

これも同じく、喪われた淡海縣の珠玉の時間への哀惜こそが主題であろう。人麻呂の心眼は、夕暮れの波間に群れ騒ぐ千鳥たちに、かつて大津宮で時を忘れて遊び呆けた幼い自分らの幻影を視ているのである。

史の心にそのようなまばゆい残像をのこした淡海縣の幼なじみたちは、その後どうなったか。

大津皇子はもっとも早く天武十三年（６８６）賜死。二十四歳。

草壁皇子はその三年後、持統称制三年（６８９）薨去。二十八歳。

大伯皇女は大宝元年（７０１）薨去。四十一歳。

持統天皇は翌大宝二年（７０２）崩御。五十八歳。

すなわち持統崩御時点の生存者は、四十四歳の藤原史ただひとりである。その三十五年前に淡海縣で珠玉の時間をともにした仲間は、すべて去った。史は取り残されたのである。

それから薨去までの史の十七年間は、表面的には充実の一語に尽きる。子女はすべてしかるべき高位に上り、史自身は臣下最高位の二位の右大臣で、天皇の外祖父にもなった。一族の前途はまさに洋々であった。

しかしこの寂寥はどこから来るのだろう。珠玉の時間を共にした仲間たちと別れてひとり生きながらえ、日本のために多くを成し得たことがそんなに罪なのか。

答えは出ない。万葉時代を牽引した天才の頭脳をもってしても出るはずもなかった。

〔一二八七〕青みづら依網の原に人も逢はむかも　石走る淡海縣の物語せむ

この一首が鬼火のように脳裏に浮かんだのは、ひとり悶々とするそんな某夜の丑三《うしみ》つ頃でもあったろうか。それは史が、淡海縣の仲間たちとそれぞれに交錯したその後の日々、その恩讐を越えていまは平明な境地へたどり着いたことを示している。

史はふたたび分身人麻呂と道行することにした。訪れたこともない土地の歌を作るなど、人麻呂には造作もないことである。現在人麻呂歌集にある多くの旅の歌は、そのようにして史の『硯』から生まれた。それは史がふたたび仮想世界に拠るべき天地を見出した証であった。藤原朝臣史の六十二年の生涯を通じて、人麻呂と史はときに分身同士であり、ときに交錯もした。しかしあくまでも同体だったのである。

二

さいごに『万葉集』の成り立ちについて私案を述べて、稿を結びたい。

この世界最大の歌集は、当初は持統女帝に伝わっていた『雑歌』を収めた天皇氏家集と、史に伝わっていた『相聞』、『挽歌』の中臣氏家集を併せた二巻本であったと思われる。家集であればこそ、史が歌の配列を入れ替えたり、ときには歌そのものを代作したり、人麻呂の鴨山自傷歌で巻の掉尾を飾るなどの操作を意のままにできたのである。

その傍証として、持統女帝と人麻呂（＝史）の歌が、巻一『雑歌』、巻二『相聞』・『挽歌』の三大部立すべてに採られていることをあげたい。こういう歌人は他に存在しない。ふたりの家集を併せればこそのことである。

おいおい、持統天皇作歌は巻二『相聞』にはないぞ、という指摘は当たらない。『相聞』には持統分身の依羅娘子の歌があるからだ。

持統・史の二巻本は、不比等薨去後、藤原宗家に伝わった。それは天皇氏と藤原氏の蜜月を伝える珠玉の証であった。

その後、歌に淫した藤原氏の人々の手により現在の巻三以下の歌が切り継ぎされ、着々と増補されていった。それが藤原四兄弟が相次いで疫病に斃れた（天平九年・７３７）どさくさ紛れに外部へ流出し、諸氏族の家集を吸収して野放図に膨らみ、現在の姿になっていったのである。

二十二年後の天平宝字三年（７５９）元旦。

因幡《いなば》国庁にあった大伴宿禰家持《おおとものすくねやかもち》は、

四五一六　新年乃始乃　波都波流能　家布敷流由伎能　伊夜之家餘其騰
〔四五一六〕新しき　年の始めの　初春の　今日降る雪の　いやしけ吉事《よごと》
（新しい年の初めの今日この日に降る雪のように、積もり積もっておくれ、佳《よ》き事どもよ）

古式にならって画数の多い厳めしい文字で表記した寿歌を加えて、『万葉集』二十巻を結んだ。この歌集名を、いつ、誰がつけたかは明らかでない。

万葉集は天皇による勅撰和歌集ではない。明日香の宮廷から諸国の路傍や乞食場に至るまで根を張っていた歌詠みどもが、百年かけてこつこつ積み上げた巨大な石塚のごとき歌集である。

本邦初の勅撰和歌集は、平安時代なかばの延喜五年（９０５）に成った古今和歌集である。それには人麻呂・不比等というふたつの貌をもっていた天才を顕彰するかのように仮名序・真名序のふたつの序文が添えられ、前代の歌聖柿本朝臣人麻呂の位階を、それぞれ三位・五位と伝えている。

了

関連年表

西暦	年号	柿本人麻呂	藤原史（不比等）	同時代の出来事
658	斉明4		藤原史誕生	有間皇子刑死
661	7		田辺史大隅邸で養育される？	大伯皇女生まれる
662	天智元			草壁皇子生まれる
663	2			大津皇子生まれる・白村江で唐軍に敗れる
665	4			史長兄定恵、唐から帰国・定恵遷化
667	6		山科の鎌足邸へ戻る？	淡海の大津宮へ遷都
669	8			中臣鎌足大織冠を受ける？　鎌足薨去
671	10			天智天皇崩御
672	天武元			壬申の乱起こる／大友皇子自死
673	2			天武天皇即位
678	7		満20歳。この年より出仕？	

679		8		蘇我臣連子の娘娼子と結婚	
680		9		長男武智麻呂誕生	
681		10		二男房前誕生／妻娼子死去	
683		12		この頃長女宮子、次女長娥子誕生	
684		13		朝臣姓賜与。中臣朝臣史となる	
685		14		藤原姓賜与。藤原朝臣史となる	
686	朱鳥	元			天武天皇崩御／大津皇子刑死
687	持統	元			持統称制天皇即位
689			草壁皇子への挽歌	直広肆（判事）。史上（日本書紀）へ初登場	草壁皇子薨去
690		4			持統天皇即位
691		5			川島皇子薨去
		6	泊瀬部皇女と忍壁皇子への献歌		
693					
694		8		三男宇合誕生	藤原京へ遷都
				四男麻呂誕生	
696		10	高市皇子への挽歌		高市皇子薨去

697	文武 元			文武天皇即位・藤原宮子を夫人とする
700	4	明日香皇女への挽歌		僧道昭没。初めて火葬にする
701	大宝 元		正三位大納言／嫡孫首皇子誕生	大宝律令成る／大伯皇女薨去
	2			持統上皇崩御
707	慶雲 4			文武天皇崩御／元明天皇即位
708	5		右大臣となる	
710	和銅 3			平城京へ遷都
713	6			諸国に風土記編纂を命じる
715	霊亀 元			元明天皇譲位／元正天皇即位
718	養老 2			養老律令ほぼ成る
720	4		薨去／贈太政大臣・淡海公	日本書紀成る

※人麻呂作歌は制作年代が確実なもののみ記載

主要参考文献

伊藤博『萬葉集釋注』（集英社）
桜井満『柿本人麻呂論』（桜楓社）
高島正人『藤原不比等』（吉川弘文館）
梅原猛・杉山二郎・田辺昭三『藤原鎌足』（思索社）
阿蘇瑞枝『柿本人麻呂論考』（桜楓社）
大浜厳比古『万葉幻視考』（集英社）
田中澄江・人物日本の女性史『持統女帝』（集英社）
坂本太郎・平野邦雄監修『日本古代氏族人名辞典』（吉川弘文館）
日本古典文学大系『風土記』（岩波書店）
段玉裁『説文解字注』（藝文印書館）

あとがき

古事記や日本書紀は本邦最古の典籍とされるが、その神代記に書かれた「高天原《たかまがはら》」は天上世界で、私たちの祖先はそこからこの地上へおりてきたのだという天孫降臨の物語を素直に信じる人は、戦後民主主義教育が主流となった現代日本には、ほぼ存在しないであろう。私たちの祖先は雲上の異世界からではなく、この地上のどこかから厖大な年月をかけて日本列島へやって来たのであり、記紀が語るわが国始原の物語は神話作者の『硯《すずり》』が生んだ『嘘』に他ならないのである。

古事記、日本書紀、風土記、万葉集はおおむね同時代の成立とされる。その記紀がはっきりと記《しる》す高天原が嘘である以上、同工異曲の嘘が風土記や万葉集のあちこちにちりばめられたとしても不思議はない。古書に書かれているからといって、やみくもに信じるわけにはいかないのだ。人麻呂が鴨山自傷歌を詠んだという『石見国《いわみのくに》(＝硯国《すずりのくに》)』は、万葉集に埋め込まれたそのような嘘のひとつなのである。

私は第一章で『鴨山自傷歌は字解《じと》きの面白さを心得て、虚構の物語を愉《たの》しめる少数の人々に向けて書かれた嘘である』と述べた。こういう視座から人麻呂その人に肉薄する試みは、おそらく前例がないであろう。しかし万葉歌が隠す嘘を字解きしてゆく過程で次々と姿を露《あらわ》したことどもは、ときに苦《にが》く、哀しく、あるいは残酷で、決して愉しいばかりではなかった。

万葉の歌聖柿本人麻呂《かきもとのひとまろ》が、藤原宗家の祖藤原不比等《ふじわらのふひと》と同一人物であるという本書の結論は、どれほど意外に思われようと、鴨山自傷歌にまつわる歌どもの丹念な字解き、歌解きの末に得られたものである。それらが語る苦さも哀しさもすべて含めて愉しんでいただけたら著者冥利に尽きる。

【著者紹介】

小林　義彦（こばやし　よしひこ）
1976 年、茨城大学人文学部卒業後、広告会社勤務等。
2000 年、『日月山水図屏風異聞』で自由都市文学賞。
千葉県松戸市在住。

アバター人《ひと》麻《ま》呂《ろ》

2024 年 1 月 28 日　第 1 刷発行

著　者 — 小林《こばやし》　義彦《よしひこ》

発行者 — 佐藤　聡

発行所 — 株式会社 郁朋社《いくほうしゃ》

〒 101-0061　東京都千代田区神田三崎町 2-20-4
電　話　03（3234）8923（代表）
ＦＡＸ　03（3234）3948
振　替　00160-5-100328

印刷·製本 — 日本ハイコム株式会社

郁朋社ホームページアドレス　http://www.ikuhousha.com
この本に関するご意見・ご感想をメールでお寄せいただく際は、
comment@ikuhousha.com までお願い致します。

 ISBN978-4-87302-808-8 C0095